昨晚，妈妈打来电话

陆源 —— 著

上海文艺出版社
Shanghai Literature & Art Publishing House

遂为母子如初

陈氏家族犹如《神曲》中幽暗广远的地狱圈环。

行路难,行之欲断魂。

假装若无其事,
假装自己是一个精力充沛、风风火火、干什么都漫不经心的愣头青。

爸爸以丰富多彩的生活坚持着孤梗不合群的人文理想。

我早早从妈妈手边荡开,圆弧划得很大,很决然,
但始终不曾丢失她恒定的坐标,以便时时回到她身旁。

阿姆的可可糕、可可冻，属于我自己的玛德莱娜小甜点……

我早年不曾珍惜的爱情，
以一场噩梦的形式投射
于熟寐中垂挂的大银幕。

　　世人的喜怒哀乐、死生聚散,他们的低语、咆哮、谎言、真情……

目录

昨晚,妈妈打来电话 —— 1

后记:回乡偶书 —— 151

昨晚,妈妈打来电话

一

昨晚，妈妈打来电话，说这几日阿姆身体状况很不好。当时我耳机里正在播放一首纯音乐，名为《她们》，心中浮现的第一个词汇是：陈家姊妹。大姨母四月份刚入葬。如今长姐已逝，八十一岁的陈家二姐，我亲爱的阿姆，身体也每况愈下。实际上，妈妈在电话里进一步说明，相较于身体，阿姆首先是精神衰弱下去，丧失了让身体恢复健康的意志，而这一点最为关键，老人步向生命终点的转角处往往如此。阿姆一生未婚，我从小在她家长大。读大学时，寒暑假回家乡，我也更喜欢住阿姆家，而不是住自己家，似乎我家并非我家，而阿姆家才是我家。妈妈说，她这个星期一直奔波，去给阿姆煮三餐，因为护工做的东西她不喜欢吃，不动筷子。妈妈说，她晚上七点才回到家，给爸爸弄晚饭，几天下来，实在跑不动了，打算安排阿姆先住院。观察科？健康科？消费科？我没听真切。妈妈谙熟涉及医院和诸多病症的各色名词。表姐夫是市里著名的胸外科大夫，但妈妈说，这一次，用不着你表姐夫出马，他极忙，分身乏术。甚至也不用我哥哥出马，她的宝贝大儿子人到中年，不能太累，同样人到中年的小儿子远在北京。对了，你阿黎表哥也不用出马，你两个表姐也不用出马，你们这些在阿姆家长大的男孩女孩，统统不用出马，反正小事一桩，反正妈妈熟悉入院出院的种种环节与流程，这既是工作经验，更是生活经验。妈妈帮同事办手续，帮朋友办手续，帮亲戚办手续，帮自己办手续，她多年往返于途。妈妈请医生开动超声波仪器，将肾结石震碎，再自己打车回家，反正小事一桩，反正丈夫、儿子统统是废物。作为陈家小女，陈氏大家族中年纪最小的女性，妈妈在一代人之中拥有最丰富的生死见闻，大大丰富于她自己的父亲母亲，丰富于她已逝的兄长和大家姐，也将丰富于自己的二姐，我阿姆。妈妈是陈家小女，她不得不习惯于目睹自己的长辈和同辈哥哥姊姊一个接一个凋零，先她而去。

　　我时常想到小说《恰似水之于巧克

力》的开篇场景，想到书中那个美食层出不穷的墨西哥家族。也许可以说，陈家小女爱华与庄园小女蒂塔气韵或有相似，但命运决然不同。没错，不妨认为，陈家姊妹默契分担了整个蒂塔式命运……

上个月，时隔三年半，终于回到南宁。这座城市发生了不少变化，令我几度受窘。比如，第二天中午，我顶着炎炎烈日，去看望高中班主任田老师。行至半途，突然间察觉，整条街只有我一个人在骑共享单车，周遭男女则统统在骑共享电动车，他们轻松写意，对骑单车的奇怪家伙视而不见，从一侧"嗖嗖"超前，反差十分强烈。又比如，从昔日就读的中学走出来，由于打车软件的实时定位功能不灵光，还得跑到街对面上车。司机诧异地发现，我虽是本市口音，却不知道近旁有个地铁站，可以利用它过马路。电话里，他懒洋洋的语气令人不悦，乃至令人恼火，同时也让我意识到，自己仿佛刚从长达四十个月的深度昏迷中苏醒，尚未跟上新一轮城市建设的匆促脚步。

　　妈妈说，三年半不见，我长壮并且长高了。这当然不可能，其实是她自己缩得更矮小了。妈妈已经七十七岁，仍像乌苏拉一样晨兴夜寐，整日忙忙碌碌，只可惜我并非发动过三十二次武装起义的奥雷良诺·布恩蒂亚上校。然而，她是我妈妈，我是她儿子，这无可改变，不论我们之间有过多少争吵，彼此有过多少不满，相处如何疙疙瘩瘩，磕磕绊绊，这也无可改变。母子关系的坚韧度超乎想象。妈妈习惯于旁敲侧击，习惯于拐弯抹角，她总是以看似不经意的言行，作为流露情感的起手式。她时不时将一些文章、视频转发给我，内容屡屡令人尴尬。那天晚上，妈妈寻了个由头，同我一起翻看家庭相册。她找出一张拍摄于一九四二年的黑白照片：并不是原件，而是一份制作精良的复印件，出自一度痴迷摄影技术的阿坚大表哥之手。老照片中，外婆身穿短袖旗袍，怀抱刚出生几个月的阿姆，左边站着九岁的大姨母，右边是五岁的舅舅。照片背面空白处，有外公手书的几行毛笔字，言明"岳父母二大人惠存"。当时妈妈还远未出生。外婆过世得早，她与自己的小女儿并无合影，而妈妈对于外婆的记忆相当模糊。这张老照片之珍贵，并没有让我大发感慨，喟叹时光飞逝，唏嘘岁月无情，或诸如此类。妈妈的反应也相差无几。她一向谈不上多么激动，与其说是内敛，毋宁说是淡逸，是永恒青春之气在妈妈身上发挥了某种作用。她无非埋怨了爸爸几句，怪他不屑一顾，沉迷于研究彩票，从不花工夫整理照片。我们母子可谓尘凡中的高人达士，爸爸则更甚于此，位居渡劫真仙之列。无论如何，相比十年前、二十年前，乃至三十年前，我们的情感并无太多改变，即便相处方式已大异往时……

在我本人看来，陈氏家族，始终是

更广泛意义上的诸位陈家姊妹共同构建的血缘关系网络。众多叔公、叔婆、表叔公、表舅公,以及表叔、表婶、表哥、表姐,让你眼花缭乱。在这个体系之中,我是陈家小女的小儿子,已无更年幼的同辈,倒不乏只比我大个两三岁的表叔、表舅。我始终有个奇特的印象,陈氏家族犹如《神曲》中幽暗广远的地狱圈环,可大致分为三层。第一层由外公外婆的所有直系后裔组成,包括我在内十二三人而已。第二层,覆盖了彼此走动较频密的旁系亲属,主要包括外公的兄弟、叔伯、堂兄弟、堂叔伯及其后裔。

到这一层，陈家姊妹的人数增长约一倍，我管她们叫姑母，也有年纪较轻的姑婆。同辈或姓陈或不姓陈，但我们共处于陈家体系之中，以陈家亲戚的面目互相认领。这些归属陈家体系的男子女子，自然有许多事可以一说，他们置身其间的血缘网络，近似于母系公社，让你不由感慨陈家姊妹关系之紧密，力量之强大。接下来，陈氏家族的范围进一步扩大，抵达更为广阔、景致更为朦胧的第三层，其规模不详，当中不乏一些平日很少见到，甚至从未见过却不时听到传闻的人士，他们往往卓有建树，或者天赋异禀，又或者身处外邦，因此有资格被陈家人提及。据说，舅舅在北流老家捐资修建的家族祠堂落成之日，其中若干人也不远千里万里，坐火车，坐飞机，回到故乡，躬赴宗氏盛典。这第三层陈家男女，神龙见首不见尾。有人投身于国家航天事业，功成名就；有人从小是数学尖子，如今在大洋彼岸的加州伯克利当数学教授；还有人早年做过宋庆龄的英文翻译（宋庆龄还需要英文翻译？你会不会搞错了。肯定没错，妈妈说。她一口咬定是宋庆龄，不是宋美龄）；更有人因时代灾祸的冲击而发狂发疯。这些惊鸿一瞥的传奇人物，兴许增加了老陈家在晚辈心中的分量，但他们散落于天涯海角，与日常生活无关。陈家对日常生活最大的影响，是周末和假期的你来我往，是逢年过节无可逃避的家族集体行动，这些繁复的交际程序，包括先拜访谁再拜访谁，先喊谁再喊谁，你完全搞不清楚，永远搞不清楚。作为祖父苦难教育的承袭者，爸爸一直叮嘱我，见人要有礼貌。作为陈家小女，妈妈也一直叮嘱我，见长辈要有礼貌。于是乎，出门在外，我脸上每每挂着临时工性质的笑容，向妈妈讨教某某亲戚该如何称呼。

天长日久，我那临时工性质的笑容凝固了，像一张焊在脸上的面具。即便时至今日，我一旦流露这样的笑容，仍不免想到妈妈，想到陈家小女待人接物的非凡能耐。

走亲戚，常常让我压力倍增。男人们在举重世界冠军的大房子里吹拉弹唱，女人们嗑瓜子扯闲篇，妈妈和阿姆往往忙碌于厨间餐室。有时候，某个表叔或姑父，要我唱一支歌，配上现场伴奏。这简直是陈家地狱景象的精确呈现。我万般不乐意，但是，听妈妈的话，必须有礼貌，大大方方。伴奏跑了调，我想夺门而逃,但是,听妈妈的话,必须有礼貌,大大方方。啊,听妈妈的话,别让她受伤……听妈妈讲,那过去的事情……

我逆反,我非常逆反。但妈妈,及其操控者爸爸,从不低头认输,他们出尽百宝,威逼利诱,软硬兼施,他们是百折不挠的家庭教育家!……去不去?不去,挨板子。去,有糖吃。不愧为赏罚分明的家庭教育家!……终于,好不容易,捱到变声期,我抓住千载难逢的良机,在许多个放学路上拼命喊破了嗓子。让声嗓变哑的要诀,据本人实践,在于喊到咽部充血时，不能停，继续顶着喉头的血腥味使劲唱歌。妈妈引以为傲的金子般的童声毁了，几乎一夕之间变成了令她厌烦的摇滚歌手式破锣嗓。她一直闹不明白小儿子的变声期为何如此短促而剧烈。

哥哥上中学时，获得赦免，不必十天半月走一次亲戚，见一见老陈家的七大姑八大姨。哥哥长我五岁，当初，这年龄差是不可逾越的该死鸿沟，是人类不平等的起源。走亲戚的日子里，假如我想有饭吃，而且吃得饱，吃得好，仍须老老实实，让去哪儿就去哪儿。我一度怀揣希望，盼着早日上中学，以脱此难。谁知我上中学时，哥哥已赴武汉读大学，从珠江流域窜到了长江流域，而本人还得十天半月走一次亲戚，见一见老陈家的七大姑八大姨。哥哥对我为数不多的指点之一是：挨剋时，你别吭声，你一声不吭。很久以后我才领悟到，有时候沉默也极具攻击性。哥哥深得沉默三昧。他越来越沉默。随着年纪渐长，沉默的威力与日俱增。现今老头子根本不敢惹他。哥哥已不必沉默如初，事实上也不再沉默如初，但沉默奠定了他说一不二的家庭地位，我能察觉到他今天的开朗表象包裹着昨天的沉默内核。妈妈说，你哥哥孤寒啊。孤寒不孤寒，关系倒不大。全家人都担心哥哥脑瓜子有问题，原因是他三岁那年，感染过丙型脑膜炎。彼时，妈妈一个人在南宁带哥哥，爸爸远在中原，任职于地质勘探队。孩子半夜发烧，情况越来越严重，妈妈六神无主，只在小医院开了些退烧药，多亏了阿姆，陈家二姐，当机立断抱着哥哥去某大医院看急诊。阿姆一直夸说，你哥哥陆泉是我陈爱宁捞回来的，我读过高中的，你妈妈初中毕业就去插队，她懂个屁。这件事阿姆一吹四十年。我有记忆以来，无数次听她提起。那么我哥哥脑子到底有没有问题？丙脑，跟乙脑不同，丙脑不留后遗症，阿姆说。而且你哥哥的数学，是我手把手教的，他七岁能算鸡兔同笼，即使有问题，也没什么问题了，阿姆说。

然而，我一直没法像哥哥七岁学会鸡兔同笼那样，学会沉默以对。至于我和父母之间爆发的冲突，其缘由另文已述，在此不赘，总之裂痕已渐渐弥合，事过景迁，多谈无益。说白了，我不信任沉默，不甘心沉默。最近这些年，同妈妈打电话，只要不是正好赶上手头有工作，通话时间一般不少于四十分钟，偶尔还得声嘶力竭地跟她掰扯九十分钟，乃至更久。很多次，夸张一点儿说，我再也不想接妈妈打来的电话了。大晚上的，你根本闹不明白一个老太太何以有如此精力，跟你如此费神费力地交谈。视频聊天是不可能的，根本不可能，因为光是语音聊天，我们母子便自觉不自觉地陷入一种负面亢奋状态，反复讲理、辩论、争执、解释、分析、劝导。部分内容是，她跟儿子们的关系，她跟儿媳们的关系，她跟丈夫的关系，她跟小姑子的关系，她跟庞大陈氏家族的种种关系。说不尽道不完。又比如，妈妈一直不乐意我白头发日渐增多。干脆你染一染，年纪轻轻，那么多白头发，不好看，让别人笑话。不染，没工夫，也没觉得不好看。表明了立场，我继续抬杠。妈妈，我混得不好，吃不开，亏就亏在人们总以为我年轻。妈妈，年轻等于没学问，等于浅薄甚至愚蠢。妈妈，不信等着瞧，哪天我头发全白了，像奶奶年轻时那样，就混出头了，摇身一变，当上著名作家了……我不稀罕你当上著名作家，妈妈说，我想你白头发少一点，你少熬夜，用脑太辛苦。妈妈，我继续抬杠，我头发变白，是遗传，奶奶三十岁头发全白。你哥哥头发为什么不白？哥哥得过脑膜炎，记得吗？而且他头发虽然不白，却秃得厉害。再说了，妈妈，头发白，也不是因为用脑太猛，是因为肝火太旺，我气呀，不可能不气，不可能不气，悲愤出诗人你听说过吧，你儿子选择了这样一条路……

这通对话，以妈妈表示要寄来一袋三七粉，我答应每天用开水冲泡服食了事。当然，关于我白头发的话题，母子俩永远说不完。有时候，她不再介绍染发剂品牌，改为劝我制怒，劝我退一步海阔天空，保持愉快心情。有时候，她不再寄三七粉，改为介绍西洋参的神奇功效，滔滔不绝，结合身边案例。妈妈执意将这个话题，变成一种母子之间的交流方式。

下面，回过头来，谈谈陈家姊妹的蒂塔式命运。我多才多艺的亲舅舅，处于家族核心，众星捧月，相当于《神曲》中两脚朝天倒插在冥界最深处的大魔王撒旦。他陈家少爷的魅力辐射四周，姐姐妹妹乐于为他忙前忙后。他是一汪肥水，我们作为他姐姐妹妹的儿女，自然也不算外人田。舅舅家年景最好时，啊，我实打实得到不少好处，妈妈则风风火火，满城乱跑，为舅舅名下散落于各个街区的一众房产收租。我们知道，陈家男子的血液中潜伏着疯狂基因，甚至近几年，还有年轻人考上了北大数学系。这很危险，不开玩笑，妈妈时刻提防，生怕自己的小儿子发疯。我安慰她说，我姓陆，乃蛮族，尚不至于发疯。而舅舅，擅长挥金撒银的舅舅，脑袋上顶着整座炼狱山的大魔王撒旦，他临近生命终点时，正如我在另一部作品中所述，基本上已然发疯，其种种荒唐作为，似乎是题外话，又不是题外话。妈妈一直指责他意志薄弱，不愿抗争，不敢打败病魔。我暗忖，舅舅虽然亲切，虽然可笑，毕竟是大魔王撒旦，他凭什么要打败病魔？如今妈妈不无惊恐地看到，陈家人意志薄弱的坏毛病，开始在二姐身上发作，行将置她于死地。而陈家人另一个坏毛病，更可恶、更致命、更贻害无穷的坏毛病，亦即花钱如流水的作派和行径。这毛病，早已不可避免地遗传至舅舅的独生子、我阿黎表哥身上。为此，妈妈感到不寒而栗。

四五年没见阿黎表哥。他间或跟我

通电话，向我打听打听这个，咨询咨询那个。他言谈一直很商业，偶尔很专业。我从中学到大学，衣裤鞋袜，其中不少是阿黎表哥送的，当时他是某服装品牌的地区代理商，在市中心步行街有一家规模不小的专卖店，在另外一些地方似乎还有铺子。

赚到钱时，阿黎表哥出手大方，三亲六戚人人得益。然而服装生意的利润越来越薄，且难以扩充升级，阿黎表哥又不肯继承外公、舅母的行当，去做木材贸易，大约是嫌它不够光鲜，不够时尚，听说木材场很脏很乱，尘土飞扬，舅母每次去，都累得一身臭汗，比街上表演的猴子还惨。阿黎表哥本人没跟我讲过这些，上述所谓其想法，大多由妈妈转述，乃至揣测，乃至杜撰。但我哥哥也说，阿黎是要穿着西服、喝着咖啡谈生意的。不管怎样吧，阿黎表哥终于决定，改做少年课程培训和儿童户外拓展之类的业务。这显然是一个转折点，很可惜阿黎表哥的房地产投资也接连失利。你们劝劝他，别再干了，什么培训，什么拓展，谁指望你培训，谁稀罕你拓展，妈妈说，即使收收房租，也足够他一家老小吃喝了。实际上，妈妈非常清楚，不干是不可能的，表哥需要一个诸如"青年企业家"的名头（当然，事到如今，他早已不是青年，甚至即将由中年步入老年），而保持该名头的代价是，阿黎表哥不得不三番五次，从各处千凑万挪，尽可能集拢资金，咬牙向不赚钱的、虚有其表的新兴事业持续输血。养那么多人做什么，死要面子，净赔本！妈妈叹息。算了，算了，你也别劝他，劝不住，见你舅母更勿要提……

我满脑子依然是青年时代的阿黎表哥。而且，跟妈妈聊天，同阿姆说话，不可能不谈到他。正所谓"妨于众者，舆情之所疾"。表哥让阿姆气不打一处来。阿黎是她陈家的宝贝男儿呀，是她辛辛苦苦养大的至亲侄子呀。他要借钱，玉英嫂子跑来哭求，能不借吗？得借，得一而再，再而三借。根本不指望他还，指望他停手，止损，出盘，别发疯。阿姆为小学生补课，每人每次收一百五十块钱，反手几十万几十万投进阿黎表哥的生意无底洞。你哥哥也借了他十几万，我自己又借了他不少，妈妈说。阿黎表哥还从自己的岳丈家借到两三百万。魅力不减啊，表哥，陈氏之子。可这魅力只够对付家族成员，他无法收回账款，整整一年没钱给雇员开工资，甚至没钱给小轿车加汽油，又来向妈妈、阿姆伸手。是了，还找表姐借钱，你表姐夫有钱，但再怎么有钱，也架不住这种借法……

四月二十七日，晚空清朗，凉风习习，我们母子沿公园路步行。八点半初中同学于某处请夜茶。妈妈说很近，我可以走路过去，正好也陪她散个步。公园路长长的陡坡，我一直不能忘。以往清明节拜山，是陈家一件大事，回回要走公园路。当天，成千上万前赴郊外拜山的市民一齐出动，如鲑鱼般逆流而上，把公园路挤得水泄不通。华南天候不同于中原，清明并不落雨，往往烈日当空，暑气鼎盛。我坐在爸爸单车前杠的小木凳上，晕晕沉沉，惚惚恍恍，看到时走时停的冗长队伍斜上方，纸人纸马纸洋房纸轿车也徐徐移动，反射着刺眼的金光银光，我生怕它们下一刻就蹿出火苗，腾起滚滚黑烟……路难行啊，行之欲断魂。而今，三十多个寒暑过去，公园路在时间飞轮的持续刮磨下，在温柔夜色的笼罩下，显得似幻似真，若虚若实，彼此相继的不同年代隐藏于斑斑驳驳、闪闪烁烁的明暗光影之中。我们左一步右一步,跨过临街小饭馆排出的厨余污水。没想到,公园路原来这么狭窄,而且竟稍嫌冷清。妈妈试图仅凭言语,为我恢复公园路旧貌,可是办不到,几乎办不到,上世纪八九十年代与本世纪一二十年代在五六百米的公园路中狂乱嵌合,交织杂错,难分难解,气息相混相融,至于周边地名,又仍然保留着更久远时期的古朴意韵,比如双孖井,比如望州岭。妈妈像考古人员发掘历史遗址一样,细细区分街景不同时代的不同土层。岂止如此,她还一心二用,穿插讲述自己脑海中应景闪现的诸人诸事。某某第三次中风了,某某的女儿研究生毕业跑深圳去了,某某离婚了,某某离婚又结婚又离婚了……这时,我们走到坡顶,妈妈指着一条岔路:"你燕玲姑母在这边住过,区体委,肖伯伯,还记得吗?"又一位已逝的陈家姊妹,第二层的陈家姊妹,如果认真算辈分,应该是姑婆才对,只不过叫姑母叫习惯了。"我还以为,燕玲姑母一直住在对河……""搬到对河得九〇年以后了。"顺理成章谈到燕玲姑母的儿女,主要谈儿子,陈家问题都出在男丁身上。阿洋,辜负长辈奔劳，从公家单位退职，同样生意失败，赌球，欠一屁股债，自作主张，折价卖掉了举重世界冠军父亲的冠军楼豪华套间，让叔叔们、舅舅们大光其火，车祸，撞断腿骨数根，如今一事无成，靠姐姐阿怡养活，好赖有口饭吃，年近五十……

既然谈到了阿洋表叔，不出所料，妈妈肯定得再次谈到阿黎表哥。两人几乎同龄。阿黎表哥的儿子阿宝，我外甥，这小男孩聪明伶俐，颇有天资。妈妈说，前几日，阿宝老喊肚子疼，没人搭理，终于在某天晚上疼到彻夜惨号。

陈家姊妹赶忙出钱，把侄孙送去医院，诊断结果是慢性肠炎。妈妈和阿姆又气恼又心痛，她们斥责表哥，告诫他不可让阿宝受罪。我这才意识到，状况之严重，超乎预想。"其实……"妈妈言语犹疑，似乎某种观念在她心中发挥了作用，不太情愿把真相告诉自己小儿子，但因为另一种观念也同时在她心中发挥了作用，又不得不把真相告诉自己小儿子。"其实……你不要跟别人讲……你阿黎表哥名下的房产，已经全部抵押过一遍……"妈妈最近才得知，她侄子还一度借高利贷，受到人身威胁，血光之灾隐现。高利贷？这并不是一个文学修辞，它真真实实在我耳边炸响。高利贷？表哥到底做什么生意，非得碰高利贷，猛于虎狼的高利贷？……看来，我想岔了，单只贪图一个"青年企业家"的名头已不足以解释一切，实情应该是，即使不考虑高利贷，阿黎表哥也必须让公司运转下去，否则一旦启动清算，银行将立即收走一众抵押物，拍卖偿债，而破产者若无人接济，唯有露宿街头。

当晚回到家，我掏出记事本，拿起笔，草草写下几句话：

底层生活还紧巴巴，中间市民阶层却大面积颓废，这颓废之中又掺杂着一类特殊的颓废：投资失败。从自己的阶层下滑，并不全然是想象。陈家的衰败看来并非个案。子弟想过一种港剧般华丽轻浮的生活。某种南方的成功叙事。而实际上，全凭家族最后的本钱在维系体面。年轻一代和更年轻一代，生病，生虫。陈家姊妹全部凋零之时，将是家族彻底瓦解、个人彻底孤立之日。到那天，谁会知道是怎样景况？更年轻一代只得自寻生路，各自谨小慎微过活……

此次短暂回邕，我没见到阿黎表哥，没见到阿洋表叔，也没见到其他表哥、表叔。陈家男丁的事情，还可以讲三天三夜。似可听见妈妈的心在发颤，为陈家的衰败，为陈家男丁的颓废而发颤。无怪乎，她盯着自己的两个儿子，十分紧张。从前我并不能理解她几近神经质的紧张，这些年才渐渐了然。想一想，陈家小妹一路走来，她看到了怎样的风景。陈家是教师之家，是医生之家，是半个书香之家，半个商人之家。舅舅中风前，陈家小妹的哥哥倒下前，家族力量丰沛，大伙年华正盛。许多个周末，我们在舅舅家度过，月复一月，年复一年，各得其乐，生活仿佛将如此长久延续。然而，各时代的《布登勃洛克一家》必将在各国各地区反复上演，兴许这灾祸才是真正的永恒场景。三十年前，妈妈处在家族成员的包围之中，也不妨认为妈妈一个人包围了所有家族成员，她因此感到安稳，她消融于家族内部。家族，作为一个系统，概言之，比核心家庭容错率更高，仅此而已。陈家姊妹发乎本能地希望家族得以存续，并且自觉或不自觉，为它作出了贡献，作出了牺牲。众所周知，家族之消亡无可避免，毕竟使家族得以存续的土壤已趋于消亡。甚至，你可以说，全仗着天时地利，陈氏家族才多支撑了好些年。妈妈不无忧虑地盯着两个儿子，我以为，尤其盯着小儿子。是啊，子弟无法再指望大家族的庇护，力量分散了，崩塌了，消沦了，化为遗迹，化为云烟，更多年轻人几乎赤裸着，茫然走进社会的重重林莽，各凭本事拼争，艰难前行，无所依傍，直到有一天,他们终于伤痕累累地返回家园,与年迈的母亲一同翻看老相册。反顾之间,我心中不由生起某种近于残忍的丝丝快意,犹如战士经历了生死考验,从疆场归来,抚摩着曾经伴他成长的若干旧物。

二

妈妈打电话问我：缺钱吗？

普通回答是：缺钱了跟你说。

文艺回答是：妈妈，请记住，你儿子永远不缺钱，但你如果寄钱来，我当然收下。

钱，十分敏感的话题。又或者，钱作为话题，母子之间的话题，未见得有想象中那么敏感，只不过它非常实际，而作为话题参与者，我本人十分敏感，偏又不那么实际。讲白了，大学毕业快二十年，我一直薪资菲薄，挣得很少，没攒下什么钱，何止没攒下什么钱，还问人借了些钱。而且，出于某种禁忌、迷信，我三次拒绝了无缘无故的资助。说一千，道一万，我没钱，自始至终没钱，妈妈知道，我知道她知道。这一点，我与哥哥不同，哥哥如今能言善道，却始终保持着某种沉默底色，让人捉摸不透，尤其让妈妈捉摸不透。比方说，哥哥从不谈工作，他一向自己管账、理财，大权在握，家务事井井有条，而弟弟的做法是将收入全数上交，银行卡夫妻共用，网购至今只买过书，也只会买书。

毋庸置疑，经济基础决定上层建筑，所以妈妈不得不双线处理两种母子关系，两种婆媳关系。想必她乐在其中吧？……我平时根本没工夫关注这些个鸡毛蒜皮，此刻思及落笔，又觉得自有一番情味。总而言之，鉴于各人现实，妈妈的大部分好奇心仍须从小儿子的生活和际遇中获得满足。她不愿看到我太辛苦，她盼念我某天幡然醒悟，早上一起床便痛改前非，悔过自新，从此甩掉"孤寒"的恶名，懂得与人好好相处而省些气力，头发少白几根。我毫不容情地打破了妈妈的幻想：这既不可能，也没什么用，你整天笑嘻嘻，呵脬捧卵，混个半饱还行，想上桌吃主菜，未免痴人说梦。而妈妈希望看到，由衷地希望看到，有朝一日，我通过文学创作，名利双收，发财致富，乃至混个一官半职，步步高升，改写小布尔乔亚的卑微命运。狐朋狗友不时刺激妈妈：瞧，作协主席先生的作品获奖了，作协副主席先生的作品改编影视剧了。妈妈，别听那些狗屁，作协主席、副主席跟她们八竿子打不着，她们妒忌，她们扯东扯西，含沙射影，欺你良善。可妈妈又说，外公对儿女们讲过，行走世间，钱是胆，不管怎样，得存下些钱，得有积蓄，当作胆！……啊，妈妈，亲爱的妈妈，第一百零一次，我该如何回应？第一千零一次，我该如何表达？是须采用陈氏强辩，还是宜报以陆氏沉默？妈妈，你小儿子研究生读了财政学会计电算化方向，毕业论文探讨房地产企业的纳税筹划问题，他妄图指点房地产老板，教他们怎样转移利润，怎样捂紧钱袋子，不让火眼金睛的税务局官员轻易得手，取千百万税款有如探囊取物……扯远了，妈妈，我意思是说，切勿同她们一般见识，中了圈套，你小儿子不是个蠢货，又或许你认为，他是个蠢货？请问蠢货怎么写小说？写小说岂是蠢货能干成的事业？……妈妈，你小儿子走上文学这条路，没错，没错，没错，这条路不好走，不好走，每天得死多少脑细胞啊，深夜写作……妈妈，别担心，我不是阿黎表哥，不是阿洋表叔，不是陈家的老少疯子，我又没考上北大数学系！……更何况，跟遗传基因无关，大师说过，文学是一条光荣的荆棘路！……什么，哪位大师？妈妈，你不要管哪位大师，不要管是洋大师还是土大师，是活大师还是死大师，甚至说这话的家伙究竟是不是大师，是一流真大师，还是三流伪大师，统统没关系，光荣不光荣，荆棘不荆棘，也统统没关系。妈妈，你有没有想过，我大概天命如此，天命不可违？……什么，你是唯物主义者，你不信天命？妈妈，不信天命很好，非常好，其实我也不信天命，开个玩笑而已，反正你别再劝我考公务员，我也不打算考博士！……什么，你支持我考博士，赞助我生活费？妈妈，请记住，大师说过，我永远不缺生活费！……妈妈，我不去找八叔公，不去找三六一十八叔公，也不去找什么作协主席先生，什么作协副主席先生，找不上，没人搭理你，妈妈，男儿膝下有黄金！……妈妈，我有本新小说快出版了，终于快出版了，妈妈，它写得好极了，你信不信，它铁定一炮打响……

就这样，十几年来，借由白天黑夜的一通通电话，借由远隔千里的欢笑和泪水，我安慰妈妈，也安慰自己。或者也可以说，陈家小女身在南宁，颇有参与感地见证了欣快症儿子人在北京而无视风雨的文学之路。

妈妈一向认为，我天生反骨。从小到大，"反骨仔"这词我听了不下九千遍，至少九千八百遍。看来我不单孤寒，还反骨，简直自绝于人世。妈妈说得对，我反骨，硬颈，不听话，三分钱鸭头得张嘴，我跟父母一次次吵架，顶撞他们，屡屡顽抗，我羽翼渐丰，越战越勇，我叛逆、犯浑，远走高飞，把他们好心好意的劝告当耳旁风，把他们饱经沧桑的人生智慧一脚踢开，更有甚者，我岂止不受良言，还偏要反其道而行。可是，实话实说，这二十多年来，大凡有什么好事情，甚至算不上什么好事情的事情，我依然第一时间通知妈妈，几乎迫不及待，想让她高兴高兴，不，主要是想让她安心，因为在妈妈的价值序列里，安心无疑在高兴之上，而真正的高兴也无非安心。有时候，我先向爸爸传递消息，不是因为我更重视爸爸的感受或情绪。父子关系属于另一个维度，完完全全属于另一个维度，在此按下不表。之所以先向他传递消息，只因为某些事情，离妈妈的生活圈子太远，对一个多年炒股的老妇人来说太虚渺，我唯恐她不能透彻理解其意义，从而低估了它们，从而低估了小儿子作为文学怪胎在尘世间钻天打洞的扎硬本领，从而不得安心。我指望通过爸爸，通过这个多少还有一点儿眼界的犬儒知识分子，让消息得到拆解、分析、梳理，我指望爸爸富含尼古丁的脑汁如反刍动物的胃液一般，将繁杂且致密的消息好好发酵发酵，提炼提炼，加工加工，以酶化作用使它们升华，变成一颗颗昂贵的象屎咖啡，总之是搅拌一番，折腾一番，待爸爸吃透了事情本质，再由他自己组织语言，娓娓向妈妈转达。过去几年，有那么三五次，我打着如意算盘，喜滋滋等着妈妈来进一步探听详情。谁知左等右等，等不到妈妈电话，忍不住一问，这才知道爸爸收完消息，转身就下楼买彩票去了，根本没跟她说。像布鲁诺·舒尔茨笔下的父亲雅各布一样，爸爸也日益沉湎于自己的世界，而我们往往称此为老糊涂：老头子嘛，老糊涂了，司空见惯，实属正常，无须大惊小怪。于是乎，灾变发生了，我只好在莫名其妙的仓促状态下，在妈妈不停打断、插嘴、抢着发表意见或提供建议的艰难情形下，奋力讲解我近期的种种进展，或者进步。这样的时刻，简直可悲透顶，我几乎气急败坏。妈妈，什么直达外国语学院的公共汽车，别再提外国语学院了，跟外国语学院不搭界！……妈妈，你不要瞎出主意，只管听着，不是那样一回事，不是，跟文学院也不搭界……妈妈，没这么轻巧，谈何容易，得一步一步来！……唉，更多时候，我们的想法南辕北辙，不，并非想法南辕北辙，是看待事事物物的方式、角度、层次差异甚大，我们的经验不同，我们脑中形成的图景不同，我们的判断和预案也不同。有时候，真希望妈妈信耶稣，那样我就可以扯一些圣经故事了，就可以跟她谈论谈论奇迹了。没错，谈论奇迹，谈论奇迹之奇迹！这比谈论客观规律，谈论可恨的主观能动性，谈论矛盾统一辩证法，谈论历史路径，谈论文化传统，省力太多太多，简单太多太多。可是，如前所述，妈妈自诩为唯物主义者，她不相信灵魂不灭，她不买账。实在了不起啊，妈妈，硬气的小老太太！我赞佩，我心悦诚服。好，不谈论奇迹，作为不可知论者，亦即较为谦逊、包容的无神论者，我持相近立场。关键是，文学创作，或者具体到写小说,让妈妈觉得陌生,难以揣度,它每每与心血来潮、标新立异、郁郁寡欢、朝不保夕、离经叛道、煽风点火等危险乃至邪恶的字眼相关联,进而与陈家的疯狂基因相关联……儿子呀,休息一下,先别写了,写这么多还不够吗,工夫长过命啊,妈妈有时候意图模糊地、半开玩笑地劝说。或者:可以写写散文嘛。我真不明白她为何老劝我写写散文。匪夷所思。凭什么偏偏是散文?……不,没有瞧不起散文,绝没有,我自己本就一直写札记,写散文。妈妈好为人师的劲头,不问也知道她跟谁学的,大部分跟爸爸学的，其余部分跟阿姆学的。千百次，我感到苦涩，因为母子又陷入了有意无意让对方难受压抑的恶性循环。聊到新书，她往往先关注版税多少。她一向唠唠叨叨，让我加入某团体，找到组织，依靠组织。她一贯提醒我写小说可以，别影响工作。所以，不难想见，我辞去出版社编辑的工作时，她着实受到不小的心理冲击……

在妈妈看来，我对金钱缺乏概念。用广府白话说，我是银纸咬荷包，用北京话说，我是穷大手。她这番印象，其来有自，但早已不符合实情。大学时代，我拮据艰窘,谈不起恋爱。对,不是谈不上,是谈不起。我深感无力,深怀沮丧,放过了若干同属小布尔乔亚阶层的可怜女学生,毕竟,闯入情场的穷光蛋未免太过悲惨,而认识到这一点,何啻悲上加悲,惨上加惨。公正地说,如果我老老实实,开口问妈妈要钱,或多或少,她当然寄来一些。可是啊,读者,请细细揣摩前述措辞!我不喜欢那么干,觉得难以启齿,天生孤寒、天生反骨、天生作家的病态敏感,像一根看不见的羊肠线,把我嘴巴牢牢缝上了。在我印象之中,那是一段剑拔弩张的时期,但如果此刻找妈妈对质,她必定矢口否认,反怪我胡思乱想,自说自话,竟把人编派得如此不堪。妈妈的惯用伎俩。总归是我神经搭错线,令她大受冤枉。天底下哪有妈妈不疼儿子的?妈妈怎么可能不偏心你?真够了。我整天泡图书馆,泡期刊阅览室,吹免费空调,打免费开水,与图书和期刊作伴。我为了仨瓜俩枣去计算机房值夜班。我教小孩下围棋。我从偌大城市的西北角跑到东南角去领一份兼职。我一如既往顶住,绝不向妈妈开口要钱,直至寄人篱下,拎着行李箱,拖着五六个蛇皮袋的宝贝新书旧书。

妈妈，你和我，到底是谁对金钱缺乏概念？你帮我买了一张去乌鲁木齐的单程票。妈妈，你小儿子刚通过论文答辩，囊中羞涩，他该如何回到北京？……

问题的核心是，你为什么孤寒。其实，妈妈说得对，脱离社会我们没办法生存。你一介书生，手无缚鸡之力，若没个三五帮手，要怎么在这个风起浪涌的世间站稳脚跟？妈妈感叹，大儿子好歹压住了自己的孤寒病，似乎未再发作，但小儿子的孤寒病多半是无药可治了，这辈子是没盼头了。不，妈妈，写作没让我更孤寒。为了说服她，我不止一次向她展示自己的通讯录。你看，妈妈，我没有脱离社会，这位是某某老师，那位是某某大佬，他们并非小角色，并非阿猫阿狗，他们赏识我，提携我……妈妈，你放心，我不会走投无路，卧轨自杀。有那么一阵子，这方面的话题，比金钱的话题更让她关注。这是好事，因为两相比较，金钱的分量便大打折扣了。"要不，明天我寄些钱过去……"效果立竿见影。

无论如何，创伤形成了，阴影形成了，根本不想谈钱。当困难无从克服，不得不试着无视它。阿源，妈妈上星期打新股,又赚了银纸几许。好哇,好哇,我随口支应,心中五味杂陈。负面情绪在隐秘处蠢蠢欲动,母子谈话又岌岌可危。直接挂断电话的念头越来越强烈。实际上,我真这么干过,重新拨通时借口刚才信号太差,并赶紧转移话题,远离早已熟悉得不能再熟悉的种种精神陷阱。

普鲁斯特在其永不完结的巨著中写道,有一类家伙,让人觉得他们用心险恶,恰恰是由于他们说话的方式与众不同。这一根本困境,不难想见,增加了孤寒之辈的窘迫。为什么不去考公务员，我解释过至少一百次。也许妈妈只是想力所能及地支持小儿子，但你理不清她支持小儿子，与小儿子做公务员之间复杂的逻辑关系，这绝非一目了然，这十分微妙碍口。可是，很奇怪，当我们终于谈到人际网络的幽暗结构，妈妈要么假装搞不懂，要么拒不正视它充斥六合八方的真实意义。她强行开启了双标模式，又称小布尔乔亚自我欺骗模式，亦即小布尔乔亚生存话术模式。妈妈，没想到天真和市侩竟可以熔于一炉。不过，天真也好，市侩也罢，冷酷的现实摆在面前：你无能为力，整个残破的陈氏家族都无能为力。有些话，本不愿掰开细说，以免互相伤害。然而不细说又不行，否则母子便无法真正和解。我必须把全部力量，集中到一点，这是写作之道，是写作者进取之道。我无意在心头积下一星半点渣滓，徒耗神魂。妈妈，我当初借调到一个大衙门，你反反复复说，那是机遇，是千载一时的机遇，我应该鼓足干劲，抓住机遇，可惜最终没抓住。妈妈，凡尘间处处坎坷不平！……衙门里有个小头目，当然你觉得他是个大头目，甭管小头目大头目，他面瘫，并不是较为常见的亨特氏面瘫，而是更诡异且难缠的贝尔氏面瘫，这个姓张的面瘫老烟枪第一天打照面，就问我，你父母做什么工作。我说他们退休了。此人的眼神转冷。妈妈，看，还不够直白吗？你想想，我从什么地方来，我是何方怪物，我来到北京，这里深不见底，我天生孤寒，什么背景、门路、靠山全无，你觉得陈家那点儿气数，在这里还顶用吗？世界并不向所有人敞开，它相当封闭。妈妈，我只有一支笔，这支笔非常好使，但也仅仅是一支笔，它不是金箍棒，我也不是孙悟空……哦，你以为小儿子搞到了两张文凭，挺不赖，咣咣作响，足足够够？妈妈，过了好多年，我才总算弄明白，那两张文凭啊，它们长歪了，害我结结实实吃了些苦头……不，不是它们长歪了，是我自己长歪了，是我自己发癫，错尽错绝。你瞧，妈妈，我跑偏了赛道，前方空空荡荡，连个鬼影都看不到，没人向我招手，身后倒有一两名小字辈在观望逡巡。通常路径是，我去财政厅，去税务局，或者去证券公司，总之诸若此类。妈妈，这通常路径，我第一千次、第一万次告诉你，它行不通。我是天生作家，是天生反骨并孤寒作家,不可能不写作。如果推倒重来,我跟你保证,仍旧一个样,连头带尾一个样!……妈妈,既然聊开了,再跟你扯一扯辞职这档事。我受了委屈,唾面自干,我跟朋友们说,无妨,无妨,我自己正想辞职,在家写一部长篇大作。我没撒谎,这确乎是实情,但并非全部实情……妈妈,我挨了板砖,遭了闷棍,我不怪罪谁,无人可以怪罪,除了怪罪我自己。是,我心高气傲,我不懂人情世故,我身在福中不知福。妈妈,过去十五六年,请注意,我只换了一次工作,这还不叫踏踏实实?……妈妈,你是百事通,你八面来风,你在南宁交际广阔,帮人说媒作伐,助人求医问药,你应当知道,如今有多少四十上下的男女,我这般岁数,学历不差,失业,每天早晨假装去上班,其实偷偷在咖啡馆待一整天,下班时间才回家。妈妈,诗人说,你需要光明,常常得到黑暗……

某天晚上,借着些微酒劲,我在朋友圈发言:

  如果文学是一个竞技场。
  假设是。错误比喻。如果是。
  我曾以为凭着赤手空拳,凭着

武艺，必打出一片天地。但有人是穿着神器套装出现在竞技台上的。而你拿着新手村配发的铁剑。我人剑合一走到今天。

有一年，舅舅还没过世，他让我寒假结束回北京时，捎上些土特产，无非牛肉巴、罗汉果、龟苓膏、黄皮酱之类，送至玉渊潭附近的八叔公家。我流汗奔走，不辱使命。然而，当天的经历看似寻常，许多细节却在心里烙下深印。还记得，我用单车驮着个大纸箱，从学校西门出发，在三环路上，在华北平原苍凉、浩阔、充斥沙尘的春风中骑行许久，来到一座院子，再把死沉死沉的大纸箱扛上五楼。饥馁，疲累，脱外套太冷，不脱则太热，只好才脱下又穿上，才穿上又脱下。但别说一顿饭，我连一杯水也没喝，便原路返回，还得假装若无其事，假装自己是一个精力充沛、风风火火、干什么都漫不经心的愣头青。换作今天，我一定说明，认认真真一个字一个字说明，得吃点儿东西再走，不必正餐，高低得吃点儿东西，因为，你们请看，我瘦瘦巴巴，低血糖，肚子瘪了全身发软，搞不好一脚踏空，栽倒并昏死过去，就此撒手人寰。可是读者啊，我年轻时脸皮薄，很羞涩，这个羞涩的年轻小伙怎堪以上述拙朴言辞，向长辈，向几乎全然陌生的长辈如此讲说？或许真有些小题大做了，不过我当天的领悟是：这等错误，今世只此一回，不可再犯。接下去的若干日子里，思想进一步升华：从今往后，无论什么亲戚，无论他们多管用，无论他们的名头多高级，我一概不攀附，以免挫损心志，徒增耻辱。妻子回忆说，那天我回到学校，脸色惨白惨白，又饿又乏又气。彼时我们尚在谈恋爱，她当即请客吃大餐，安抚了好一阵子，我埋头猛嚼，无以为报，此生敢不承命。这番经历，父母是否知道？如今我不太确定。即使知道，他们大概也不当一回事。时隔六七年，妈妈来北京看望八叔公，我陪同前往，心中已不存芥蒂，脸上再度浮现临时工性质的笑容。有礼貌嘛。大大方方嘛。我想起《追寻逝去的时光》里那位年轻的侯爵，罗贝尔·德·圣卢先生，他跟人打招呼时，脸上肌肉纹丝不动，漠无表情，眼神冰冷，而实际上呢，其种种表现，不过是家庭教育使然，是贵族子弟的特殊社交习惯，他本人向来诚挚且殷勤。我当初的情形，则恰恰相反：临时工性质的笑容近乎谄媚，乍看之下，相当可亲可近，但也仅仅是家庭教育使然，远不足以反映小布尔乔亚的本真情绪和实质好恶。妈妈一贯强调大大方方。殊不知大大方方这类气质，从根子上与我们无缘。当天，她一路回溯陈家姊妹与八叔公的交往过从，无奈岁深月远，画面十分朦胧。"你大姨母同六叔公更亲近，你阿姆同八叔公更熟络。我当初太小了，"妈妈说，"跟他们玩不到一起……"我掌握节奏，适时提一两个问题，让妈妈沉浸于回忆之中。那时节，我在一家出版社上班，已基本写完第一部长篇小说，正一边修修补补，一边创作第二部长篇小说。我十分快慰，知道自己告别了早先那个患得患失、片言可动的文学青年陆源。晚上，与八叔公、八叔婆闲侃之际，妈妈或多或少察觉，似乎小儿子不同于往日，答话更从容自然了，应对也更沉着稳健了，令她不禁刮目相看。上天眷佑，我借由文学创作而再度生长发育，真正生长发育，所以困惑迷惘、孱弱卑怯、幼稚轻狂、愚蠢自大，诸般种种，才在谈吐中悉数消失不见。倘若八叔公、八叔婆通晓世态人心，且仍未老眼昏花,他们想必知道,这应该是我最后一次来访,最后一次跟他们半尴不尬地费时瞎聊了。

如今,经历无数斗争、僵持、妥协,以及泪花盈眶的耐心陈说,好吧,各退一步。妈妈老了,我也貌似成熟了。事实上,所谓老,所谓貌似成熟,兴许是我们各退一步的托词,兴许是我们各退一步而外显的某种表层现象。没错,母子之间,何至于此。如果说我们是尘凡中高人达士,几十年来我们的情感并无太多改变,那么时光也绝非白白流逝,毫无用处。根据长期观察,我发现,每回去殡仪馆，参加完辞世老同事、老同学的追悼会，妈妈往往更通情理，于是交谈也更轻松愉快。我不必再突然挂断语音聊天，有了殡仪馆和追悼会保底，只须把话题引向一位已经死去的熟人或亲友，比方说，佯装一时兴起，打听他们后代的生活状况。妈妈欢迎我打听，这是小儿子逐渐摆脱孤寒的良好迹象，应予鼓励，引导他回归尘俗，况且她原本就喜好此类话题。只见妈妈化身驯兽师，挥舞着无形皮鞭，吆喝着号子，卖力讲解为什么好人一生平安，为什么恶人终有恶报，而某甲又缘何不幸，某乙又因何早夭。她使劲概括，使劲总结，还不忘惜怜逝者。妈妈逐渐承认，皮鞭无效，号子也无效，我不受教化，我选择的道路固然辛苦，固然赚不到钱，并且危险，加重孤寒病，令她心惊肉跳，令她担忧，但持平而论，写作仍不失为一种活法，挺凑合，相当凑合，她没意见，甚至，三不五时想起，再看看身边情形，还不免有点儿赞赏……

说实话，我盼着妈妈去殡仪馆参加追悼会，多去殡仪馆参加追悼会。作这番表达似乎太直截，颇有不敬之意。可是，撇开那些涉及追悼会的语言禁忌，穿越那些环绕追悼会的观念盲区,不妨说,你如果去殡仪馆参加过追悼会,稍许品尝过追悼会微苦回甘的滋味,理当真诚认同,对大多数人而言,殡仪馆堪称心灵的疗养院,追悼会堪称一份体验上佳的心灵净化剂,或者一份副作用极少的心灵软化剂,其药力可持续三十天,乃至更久。总之,光阴铁一般冷峻流逝,它以殡仪馆和追悼会为具现,发挥了意外温柔的弥合功效。感谢光阴,让人成长并拥有殡仪馆和追悼会,让我们母子之间,雨过天晴,迎来数十年一遇的和平纪元。

三

妈妈年轻时是个美女。但爸爸偏要说,他早早看中了妈妈的善良。"当时,你妈妈是班上生活委员,她把分量大的餐点发给同学,分量少的那一份留给自己。"我不免怀疑"同学"的真实所指,不是张三李四,正是爸爸本人。不过,几乎可以确定,爸爸眼中的妈妈有多善良,他在少年时代就有多狡诈,他一日日奔向中山路陈家就有多殷勤。几乎没费什么工夫,爸爸很快讨得外公的欢心,赢得舅舅的信任,获得陈家姊妹的认可。爸爸这份狡诈,我从未操纵自如,它隐藏得很深,轻易不能发觉,遑论学习模仿。这份狡诈,关乎我本人的诞生,但往往只见间接证据。无论如何,父母的恋爱史犹似远古神话,唯一留传下来的,是每个星期天去外公家吃晚饭的牢固传统。

在外公家,妈妈满心欢喜。她跑进跑出,身形投射于各个犄角旮旯,同阿姐、阿嫂一起准备丰盛大餐。有时候，我随她们去交易场买菜。不知为什么，那些下午和傍晚十分冗长，经常得凭借一小盒雪糕，或一小碗冰甜的海带绿豆汤，抵消其冗长，为我孩童的疲倦灵魂充能，点亮回家之明灯。当年，朝阳沟的污水极黑极臭。爸爸说，在这污水旁走路，呼吸，久而久之，智商难保不受损。因此，我每次经过朝阳沟的铁桥，进入西关路，总是不由自主，三步并作两步，快速穿行。

　　我一开始以为，爸爸凡事听妈妈的。后来发觉不对，其实是爸爸做主，妈妈负责执行。再后来发觉仍不对,应该是妈妈故意让爸爸做主,借以实现自己的图谋。足见妈妈也不乏狡诈。但我并不想弄清楚他们的生活还潜藏了什么秘密。总而言之,爸爸有点儿像一条鲶鱼,滑不溜手。其心魂,数十年一日灵敏如猎兔犬。

爸爸讳疾忌医到了令人发指的程度。"没病找病。"老头子的基调多年未变。妈妈极其不赞同这一点,而她不赞同爸爸的情形极其少见。让他去体检,千难万难,不啻打一场战争。劝说他每天吃一粒复合维生素片,兴许还做得到。要他戒烟、戒酒，则断然不可能。这时候，爸爸搬出他臭名昭著的"热锅"理论：假设有一口锅，烧得通红，你让它继续烧下去，还能烧个一刻半晌，如果你朝它兜头浇一盆冷水，锅底立马就穿了，对不对？于是，没办法，妈妈只好任这口铁锅继续烧，能烧多久算多久。早年间，我哥哥三岁时，祖父五十九岁，罹患胃癌，拒绝手术。他是新中国第一批水利工程师，是广西水利厅干部，公费医疗，然而拒绝手术。或许，爸爸敌视体检，是受他父亲"生死有命"观念的熏染所致，又或许，爸爸当真相信他自己捏造的神秘主义，即人体是一台精密机器，本具备解毒、排毒功能，但医学兴盛，反倒大大削弱了我们自带的解毒、排毒功能，让我们依赖于药物，变成一个个半死不活的药罐子，变成缠绵病榻苟延残喘的可怜虫……

爸爸历来不喜欢港台歌手，从张明敏开始就不喜欢。爸爸指控，他们把"一直"发成"呃一直"。评价是："令人作呕。"妈妈依样画葫芦，同样不屑一顾。爸爸喜欢蔡国庆的声线，于是妈妈也喜欢。我读大学时，爸爸集中火力批判周杰伦。"在唱什么鬼，好像上台之前饿了三天。"你不是说,饿唱饱吹吗?""那也不能饿三天,唱成这样。况且咬字不清,哼哼唧唧,在唱什么鬼……"爸爸毫不掩饰自己对周杰伦的反感。但他喜欢周华健。为何厚此周而薄彼周?"你听听,声嗓圆润。"唔,懂了,明白无误。再往后,爸爸便分不清那些个小字辈歌手了,竟一律视作周杰伦。"这帮周杰伦!……"他说。从此周杰伦不再是一个人,而是一个种群。受爸爸影响,妈妈的看法也大同小异。"走路左摇右摆的,脚踭不着地,"她补充说,"短命相!"

爸爸爱说,比上不足,比下有余。

这句话，同样是妈妈的口头禅。全凭这句话，市民阶层扛住了日常灾殃……我本想听从权威阅稿人的建议，在此补充一两个例子，无奈"比上不足，比下有余"的例子太普遍，太一般，干脆作罢，请读者自行以想象充填非虚构叙事的缺失与空白。

　　妈妈在无分大小的许多见解上追随爸爸。比如，每次奥运会开幕，爸爸总得提到昔年的体操王子李宁。"当初李宁如果急流勇退，"他说，"就不会从吊环上栽下来，摔个四仰八叉……""是啊，"妈妈接茬道，"毁了一世英名。"作为天生反骨的硬颈小孩，我从小讨厌急流勇退，讨厌急流勇退的家伙。奶奶的，我心想，就不急流勇退，就顶着干，死不悔改，怎样？

　　我不到十岁，便赞赏巴勒斯坦人民的建国理想，同情他们的事业，因为爸爸每一次听到巴以冲突的最新消息，照例要说他不耐烦阿拉法特，理由是此公永远裹着格子头巾，搞不好脑袋上生了癞痢。出于反骨仔的天性，第一天性外加第二天性，大凡爸爸不欣赏的，我都欣赏。阿拉法特已过世很久，但爸爸至今觉得，那些格子头巾仍旧在他眼前晃来晃去，惹他不痛快，所以他始终不支持法塔赫组织，不支持阿拉法特遗志的任何继承者。然而，这男人偏偏一贯支持爱尔兰共和军，支持新芬党，真没个道理可讲。长大后，我想，不妨介绍老头子读一读詹姆斯·乔伊斯的长篇小说《尤利西斯》，如果他读得下去，没准儿会从中找到阿拉法特头巾的精神等价物，那样一来，他就不可能再支持爱尔兰共和军了。

当时，新闻里经常听到德奎利亚尔、库马拉通加这些朗朗上口的名字。起初我以为，联合国秘书长是全球最大的官儿,但很快发现他不过是一个受气包。进入互联网时代,爸爸对时政新闻的热情迅速冷却,只剩下阿拉法特的格子头巾,还能勉强挑动其神经,而妈妈却不曾荒废他多年的熏陶,紧盯各国各地区局势的变化发展。如今,妈妈和我谈论最硬核的政治话题,她喜欢一些更具权谋气息的、更体现历史高度的论述推演,她喜欢一些冷酷的、不那么政治正确的、与固有印象大相径庭的分析判断,她重视小道消息,她一颗红心向太阳,她关注了许多台湾名嘴的视频账号,对这些人的倾向、主张如数家珍。谁是战略进攻方，谁是战略防守方？妈妈，可别搞颠倒了！……妈妈，你得了解了解两千多年来一直主宰欧亚大陆的贸易结构！……妈妈，何谓生产体系，何谓科技力量，何谓文明脉络！……妈妈，干实事的不打嘴炮，打嘴炮的不干实事！……我投其所好，我生搬硬套，想象自己在下一盘大棋，屠龙局，高瞻远瞩，步步杀机。坦白说，正因为妈妈，我总觉得女人比男人更近于意识形态动物。她们的意识形态之强硬，简直固若金汤，牢不可破。我常常忍不住想，如果自己像这些女人一样，在意识形态上极尽强硬,会不会反倒显得有点儿女里女气?……阿姆素来以"头脑清醒"自傲,她沉迷于网络小说之前,也跟妈妈讨论国家的大政方针,预卜世界的风云变幻。不过,两姊妹扯闲篇时,话题转换得非常突兀,毫无过渡,往往上一句还议论中东乱局,下一句已跳去说瘦猪肉多少钱一斤,说大米价格是不是开始回落。早些年,阿姆一直标榜自己从不看连续剧,只看新闻和体育节目。但有一天我惊讶地得知,她不舍昼夜读网络小说,为霸道总裁的爱情感动落泪,账号不断充值,两眼几度充血……这可好,只剩下我还能跟陈家小妹聊一聊政治经济学了。

妈妈养过鹌鹑,养过狗,没准儿还养过其他动物,比如绿毛龟。她养鹌鹑是为了让我们吃到鹌鹑蛋,养狗是由于那一阵子狗崽挺值钱。妈妈很忙,很讲求实效。她从来如此。她这等优秀品质,即使我未能如数承继,也少不得为之拍案,衷心叹赏。

初中毕业后,妈妈去南宁的郊县插队。这一去整整十年,横跨"上山下乡"运动的大部分时期,漫长得令某些同龄人感到惊异。其间她坐火车，花了四天三夜，来到北京看毛主席。"我们在五棵松排队，沿长安街往天安门走，"妈妈说，"走了将近六个钟头，才走到天安门。"最终看到毛主席了吗？"看到了，又没看到。"妈妈说，"天安门广场人山人海，吵得耳朵发聋……"我不由想象，身材娇小的十九岁妈妈，梳着两根麻花辫，穿着军装，挎着军水壶、军书包，下巴颏挂着汗珠，在漫天匝地的意志狂潮之中，在濒于晕厥的亢奋和两腿不停打抖的虚脱之中，在不辨东西南北的曚昽视野之中，她手搭凉棚，双眼半眯，双唇半启,朝同伴们指示的某个方位极力望去。大团大团暑气,垒砌于广阔空间,明炫如海市蜃楼,十九岁的陈家小女恍惚看见一抹浅蓝身影,轮廓模模糊糊,微微闪动于烟光稠密处,整张画卷似浓雾弥漫,又格外清晰,所有线条,所有色彩,所有情绪,无不汇聚一点,使之成为枢纽之枢纽,成为核心之核心。哦,是了,是毛主席!兴许是,应当是,准定是……只见伟大领袖攥着一顶解放帽,幅度适中且颇有节奏地缓缓挥舞着,威严而仁慈,仿佛在说,喂,男娃子,女娃子,谁的帽子,这是谁的帽子?……

妈妈三言两语，如疾驶的大卡车呼啸而过，可实际上，她向我描述了一轮暖色调的、几近温柔的恢弘梦景，其深邃，其渺远，其隽永，其浑穆，使人不禁想起《动物世界》的开场短片：万类霜天竞自由，此诚英特纳雄耐尔之精义！

君不闻众声鼎沸，似虎啸，似熊嗥，似猿啼，似鹤唳？……请允许我说句题外话，你们谁还记得，短片中那只黑壳虫，那只悠闲划水的龙虱？啊，龙虱，孩童岁月的完美图腾，它细长的游泳足，不疾不徐抡摆，轻灵、优雅、坚韧，而短片的背景音乐迅猛又不乏神韵，噔噔吖，噔噔吖，噔噔吖，与前者对比强烈，却也相得益彰，给人留下无可磨灭的印象！……言归正传，妈妈，陈家小女，十九岁，芳华正灼灼，此时此刻，她人在天安门广场，立于一道含义不甚明确的分界线上：插队将满五个寒暑，还得再持续超过五个寒暑。妈妈，你也承认，两代人的青春，并不相通，你们有你们的辛苦，我们有我们的艰难。妈妈，你也承认，年轻人总归可怜，虽然可怜之处，彼此各异。妈妈，这个节点上，爸爸在做什么？对了，他在抱头鼠窜，他奔逃于南宁和昆明之间。安全第一啊，革命时期的爱情！革命时期的革命情谊，非同小可呀，足以轰平一整座山头，父母的经历让我感到命悬一线……

　　三十多年后，我来北京读书，妈妈借机出游，母子俩在天安门广场合影留念。她记忆中的长安街比现实中的长安街更宽，也更长。从五棵松出发，天不亮开始排队，揣着干粮、白开水，走了六个钟头。以这神圣一日为基准，陈家小女过往的经验得到了精确测量。她三岁时，南宁解放。她六岁时，公私合营，父亲原本是商行襄理，够不上资产阶级的标准，遂划入工人阶级。她十岁时，

"知识青年到农村去,接受贫下中农再教育"。今天不难理解,这一系列事件,由宏观至微观,均可视作陈家小女步向她十九岁神圣一日的前置条件。妈妈在中山路小学读书。于是,爸爸登场了。他这个转校生相当顽皮,尚未领教时代的毒打,至于他如何发现了妈妈的善良,如何以自悟的狡诈,捷足先登,多年混迹于中山路陈家,始终是未解之谜。神圣一日之后,永恒青春一日之后,妈妈的生活从浪漫主义飞速过渡到现实主义,简直不容喘息。回城的前景,国家职工的前景,婚姻的前景,怀胎十月的前景,渐次浮现,环环相接,讨债的儿子急不可耐,脑袋已几乎从地平线上冒了出来,而她将在文化厅下属一家事业单位当会计,三十载如一日"哔啾叭嗒"拨动算盘珠子。爸爸在云南待过六年,在河南待过八年,其间夫妻互寄的信件,我看过很少一部分,统统不是情书。爸爸的字迹认真、悦目,却一直在扯些鸡零狗碎的琐事,也不妨认为,它们的重要性早就被光阴磨了个干净。不过,在诸多泥沙之中,我仍找到一颗珍珠。当时爸爸去昆明读大学,地质专业……说是读大学,其实校园内外,陷于革命运动的漩涡，与今日校园有云泥之别，而爸爸身边奇人奇事迭出，多得是舍生忘死的战争机械师，令吾辈艳羡不已……抱歉，我欣快症患者的发散思维不太受约束，又一次打岔，搅乱叙述之流……好，重返主线，且说当时爸爸人在昆明，接获消息，得知妈妈坐到生产队二把手的凤凰牌单车后座上，回了趟南宁。他一刻没耽搁，立即登程返乡，扑去找妈妈，誓要稳住她。凤凰牌单车！它本身已经是最大警讯。凤凰牌，胜过今天的宝马、法拉利，兴许兰博基尼可与之差堪比拟。爸爸向来是一个球体，以最省力原则往前滚动。但那一次,他变身闪电侠,飞速救平妈妈的躁动。没多久,两人领证结婚。当初生产队二把手看上了妈妈,这毋须多言,关键是,妈妈怎样想?回城的希望一直飘荡在天边,相恋多年的男友同样飘荡在天边,还将飘荡得更远,女知青未免迷茫,而凤凰牌单车近在咫尺,触手可及!凤凰牌单车的主人是根正苗红的生产队二把手!此情此境,此等组合,杀伤力极大。为什么不试试?同样一辈子,另一番景色,另一种活法。老实说,孰优孰劣,谁又分得清楚?总之,那一刻,妈妈动摇了,坐到了凤凰牌单车的后座上，绝非儿戏……"不，"妈妈坚决否认，"我怎么可能动摇，我动摇了还有你哥吗，还有你吗？……"其实所谓动摇，合情合理，何足为奇，不动摇才古怪才见鬼。长久追求某个目标而收效甚微，竟毫不动摇，敢问谁做得到？我们又不是铁塔金刚，又不是木头疙瘩。至于你动摇了还有没有今天的大儿子，还有没有今天的小儿子，妈妈，这完全是另一码事，是个伪问题……

最终，如诸君所见，必定有某些超越于单车牌子，超越于根正不正苗红不红的东西，发挥了作用。据妈妈回忆，当年在乡下墟市间，她看到有个胖子，将毛主席像章的扣针直接扎在胸脯肉上，血流一身。或许类似情景所施加的反作用力，让动摇的妈妈产生了反向动摇，即动摇之动摇，迷茫之迷茫。又或许在她眼里，爸爸多才多艺，他好像什么都能来两下子。如果妈妈听说过张岱，那个栽花养鱼、抚琴亵妓的江南名士张岱，没准儿会觉得，此公也没什么了不起。爸爸是穷乡僻壤的小布尔乔亚张岱。虽然大师说小布尔乔亚知识分子没有出路，但爸爸以丰富多彩的生活坚持着孤梗不合群的人文理想，企图把日子过成一系列去芜存菁的知识分子风俗画。拄着概率论手杖步入晚年的彩票世界之前，他吹口哨，吹萨克斯管，吹新鲜的树叶，他喜欢凄凉哀婉的云南小调。他弹钢琴，弹风琴，脚踏风琴，手风琴。他下象棋，下围棋，下五子棋。他写字，他寻章摘句，只是不画画，钢笔画除外。他踢足球，他打篮球。他来来回回玩《帝国时代》单机版。他刣鸡，动刀时大声念叨：鸡呀鸡呀你莫怪，你本是人间一碗菜……

　　妈妈说，有一天晚上，爸爸喝了点儿酒，骑车搭着哥哥，行至一个斜坡的拐弯处,他没刹闸,径直往下冲,飞进了道边的烂泥塘,摔在两块大石头中间。当时女人自己载着刚足岁的小儿子紧随其后,她全程目睹,吓得魂飞魄散……我记得那个地方,位于望州南路中段,园湖北路修通前,我们一直走这条路去中华路姑姑家,去看奶奶……宁谧,旷寥,圆月当空,凉风吹拂,正是我从妈妈前述回忆中获得的印象,关于上世纪八十年代南宁的最初印象。

爸爸提供的建议向来恰当。它们有分寸,稳健而积极。"可是他只建议别人做,自己从不那么做。"妈妈指责道。

前些天,爸爸提及一件往事。他三十七八岁时,有一次带着妈妈和两个儿子,从新隆村坐班车,去渌井矿看望舅公。通往矿区的简易公路很危险。爸爸说,在一处高峻山崖上,大客车爬坡熄火,往下滑行,我吓得抱紧妈妈。他当时不知所措,感觉心脏快顶到了嗓子眼。那是男人一生中绝不能忘怀的旅程。既然事先已清楚路途状况,则无任何理由携妻儿犯险。"几十年过去了,"爸爸打字说,"但它结成的疮疤,此刻仍附在我心尖上。"他话锋一转,自咎变成了训导:"许多人常常忽略自己对妻儿的责任……"每次我坐飞机,老头子必定说,安全降落后,发个消息来。爸爸在地质队工作过八年,见识了不少生产事故,它们偶尔还相当惨烈。他一贯认为,天底下不存在什么理所当然没问题的事情。他多次表示,只要我和哥哥同行,他便睡不踏实:怕被一锅端了。他对尘间万物是否抱着深深的不信任,我不得而知,但他一辈子金风未动蝉先觉,早已有共睹。

图大事者,不矜细行。爸爸这一生,没图成什么大事,细行则鲜有不矜。他一路走到今天,说难不难,说容易却也不容易。兴许在妈妈看来，爸爸近乎脓包，错失过不少所谓契机，推卸过不少所谓担子。而在我看来，仗着有青梅竹马打底，他们的夫妻关系没破裂，倒实实在在是一幕奇迹剧。没错，每对夫妻关系，都无异于秘密。所以不必就这些问题谈论太多。

妈妈有一个响亮绰号，幺幺〇，意指她有求必应。她这辈子似乎一直在帮别人干这干那。写下这句话，恕我直言，并不含任何赞赏成分。妈妈有个朋友，偶得偏方，要食用大量猪尿脬，拜托妈妈代为收集。大清早,她去菜市场的肉铺挨家挨户求购猪尿脬。有的肉贩子客气,跟她笑笑,摆摆手,有的肉贩子则不假辞色,反问她,阿姨,你天天来买猪尿脬,你说一条猪有几个猪尿脬,这个市场一星期又能刲几条猪?……如今,幺幺○老了,累了,顶不住了,多次金盆洗手。可一转身,陈家某姑婆打来电话,请陈家小妹帮某某介绍相亲,她们谋议良久,导致烧煳了锅。妈妈的声望累积到一定高度,被请去当遗嘱见证人,郑重其事录音,录像,在一份文件上签字,按手印。立遗嘱的岑阿姨与妈妈同年同月生,退休前是军医,曾参加对越自卫反击战,立了三等功。她丈夫在世时,似乎是个大官,平日有警卫保护。妈妈讲过几个发生在身边的遗产争夺案例,其中便包括岑阿姨亲姐姐家的故事。兄弟姊妹之间,几代人之间,为了钱,为了房产,撕破脸皮,互相控告,视彼此如仇寇,老死不相往来。这样的场景,自然是妈妈不能容忍的,但她又强调,自己早就抛弃了不合时宜的家族观念。坚定的唯物主义者,岂能有如此落伍的精神寄托!……那么,上个月我回南宁,时间仓促,妈妈策划家族聚会未遂,又该怎样理解？只是出于亲情，她说。这回答很含混。至少我所体验的亲情，和妈妈所体验的亲情，并非同一事物。词语呈现的意义，往往很稀薄，其丰厚者大量存积于词语水面之下，这些潜意义、暗意义、隐意义，绵绵密密，需要数量千百倍的词语，形成某种图象，构成某种秩序，才有望阐释清楚。

辛奶奶和刘爷爷，老夫老妻，早年南下支边，退休后，回北京颐养天年。他们住在朝阳门边上，房子紧邻外交部大楼。长久以来，在银行系统尚不太发达的年代，总是由妈妈代他们领取单位发放的钱物，并转达种种消息，逢时遇节也不忘打电话问候。有一天，辛奶奶向妈妈哀告，阿华，你得帮帮我呀，大女儿打定了主意，我要么上养老院，要么搬去她家住……原来，前一阵子，刘爷爷过世，二老的子女们动了脑筋，欲将父母的住房拿去出租，或干脆卖掉。鉴于小区的位置，鉴于楼价，获益当然极可观。妈妈听到这消息，登时一跳三尺高。要知道辛奶奶和刘爷爷在北京的房子，是单位向主管部门打报告，又联系北京方面，忙前忙后几许时日，颇费周折才为二老争取到的。这件事，当初妈妈一肩扛起，不惮程序烦难，为房子落实立下了汗马功劳。如今有人要违背老太太的意愿，把她弄走，把房子夺而占之，是可忍，孰不可忍。此时妈妈也已经退休，但这次她非得管一管。很快，单位在任领导、同事，与妈妈一齐赴京，调解辛奶奶与子女的纠纷，言明老太太原是单位职工，老太太的房子是单位依据国家有关政策，代为申请所得，单位关切职工的权利，支持职工的合理诉求云云。烟尘散尽。辛奶奶继续在朝阳门的房子里住，商定儿女轮流来照看老母亲。这是妈妈助人系列战争的一个小高潮。出于礼节,出于某种说不清道不明的心软,家族式心软,我多次去朝阳门拜望辛奶奶。老太太年轻时,在戏台上是刀马旦,她八十岁如十八岁,眉眼间仍有娇滴滴腼腆神色。她请我们下馆子,回回吃樟茶鸭,当然樟茶鸭并不难吃。她曾在儿子陪伴下,从朝阳门前往玉泉路,到我们租住的房子做客。前些年,辛奶奶以九十六岁高龄辞世。

母亲节这天,妈妈接到我电话,没聊几句话,她又一次老调重弹,开始向小儿子介绍台湾政客写给年轻人的忠告。

她好言好语提醒我，要谦虚，殷勤，嘴甜，山不转水转，诸如此类（若换成爸爸来劝，势必更文绉绉一些，什么不矜不伐，什么好言一句三冬暖，什么河海不择细流而成其深）。少年主义的说法是：妈妈仍停留在上世纪九十年代，彼时我大约十六岁。又或者：多谢妈妈，让我不断逆生长，年龄不断滑落，另类地恢复了青春。而中年主义的说法是：我年届不惑，还让妈妈担忧，频频叮嘱，未免于心有愧。早些年，我们的居住条件让妈妈着实有些震惊。是啊，租金那么贵，房子那么破旧，空间那么狭仄，北京的冷峻之爱,你是否消受得起?在北京,妈妈首度见识到一个楼梯间有三户人家的紧凑设计,客厅像过道,浴室堪可容身,厨房脏污油腻,六楼往五楼渗水,五楼往四楼渗水,楼上楼下,哀号不绝。妈妈,你别嫌屋子小屋子破,更小更破的我照样住过,还得花七成工资来支付房租。其中有一套,灶间似乎由阳台改建,窗子朝西,夏天煮饭时,燃气一开,我们便化身为太上老君丹炉里烧炼的两枚仙丹,而整个世界于烘热中阵阵发臭。儿子啊,要不,回南宁算了。我一笑置之。为什么待在北京?妈妈问过，舅舅颓暮发疯之际也一再问过。其实不待在北京又能到哪儿去。回南宁，随口说说而已，算不上出路。某一年，你们集团公司的自建公寓楼，为什么不及时去申请？我无以应答。唉，那时节，本人天真幼稚，自忖第一部长篇小说行世之日，所有困难将迎刃而解，前路一马平川，又何必着急向妈妈伸手，要什么集资款，折腾什么集资房？……愚蠢的代价已有目共睹，我只好承受现实的温柔教育，以致头破血流。我不敢错上加错，我认认真真反省，从此夹着尾巴，瞪着眼睛，厚着脸皮。终于，我逮住了十年九不遇的机缘,箍住了转瞬即逝的机缘:政策房!……我东奔西跑,疯狂填表,盖公章,填表,盖公章,在南宁,在北京,在乌鲁木齐,拼命证明自己是个穷鬼,并证明自己是个还得上按揭贷款的穷鬼,费尽九牛二虎之力,好容易搬进了属于自己的房子,黄昏时分不再感到抑郁惊惶,那些黄昏浸透着种种哀愁,绵绵无已……令人感慨的遭际,凡此诸般,如果让妈妈对小儿子的忍耐力有了全新认识,这苦倒也没白吃,这房租倒也没白交,这公章倒也没白盖。然而,十分可叹,妈妈的忍耐力竟随之提高，她认为我那点儿辛酸不值一提，挫折是成长的必修课，是成长的催化剂，甚至挫折本身即成长。吃苦吧，孩子，吃得苦中苦，方为人上人！吃苦，忍辱含垢，卧薪尝胆！……唉，要让妈妈不那么坚硬，不那么铁血，尚须时日。我因此不得不相信，今昔一切境遇，全是上天眷爱。我本人的精神胜利法同样达到了全新高度。忧烦艰困，唯写作而已。比如此时此刻，坐在堆满了宝贝新书旧书的小房间里，坐在一块古老正方形显示器前，不停噼呖啪啦打字，光阴的流逝便消失了，诸多烦恼也消失了。跟妈妈说过这些吗?没有。妈妈是彻头彻尾的现实主义者。她真正关心的问题就一个:何时写完。然而,我愿为妈妈辩护说,她真正关心的问题不见得是一个肤浅的问题。卡尔维诺言称,在所有生产之中,诗性的生产最为物质化,只有做出来的东西才算数,宣布自己的创作意图毫无价值。对,写完一本书。是伟大的目标,是为神圣的工作画一个圆满句号。写完一本书,是创作者激励自己登顶的美妙全景图。但妈妈只知其一不知其二。写作是欢乐,且首先是欢乐。这一点,无法向任何人说明。我必须以全部实践，以时时刻刻的劳动，展示此一信仰。至于理解与否，已无足轻重。妈妈骨子里是不容易信从的，她这辈子除了信从爸爸，鲜少信从什么人什么主张，她承认事实，折服于事实，虽然有时候看不到全部事实。那么，好，我写小说，并且一写二十年，它终于成为妈妈眼中不可移易的事实，就像海平面逐年上升一样，是不可移易的事实。至于其中欢乐，我已远离多时，似乎近日才重新将它拾起。创作的欢乐啊，即兴情绪的欢乐，精湛技艺的欢乐，寒宵之火，谁知此中味？……

记者曾问塞利纳,当初《茫茫黑夜漫游》问世时,他母亲反应如何。文学巨匠回答:"她认为这本书危险、下流且会惹麻烦。她觉得出版这小说没什么好下场。她天生谨小慎微。"

几年前《童年兽》发表之际,我预感到母子之间将迎来一场不大不小的风波。我根本不担心爸爸,如前所述,父子关系属于另一个维度。实际上,父子之间早已高挂免战牌。但妈妈可不好打发,看到我海参一般掏出了怨恨的内脏,她觉得冤屈,觉得忿懑,同时也觉得羞愧。"你怎能这样说我?"妈妈气哭了。"说你什么了？"有意省略主语，仿佛作者是另一个家伙，本人只不过忠实誊抄了他写下的字字句句。"而且，"我补上一句，毕竟仍有点儿心虚，"是小说……"

我曾试图对父母隐瞒《童年兽》这本书，但爸爸是灵敏的猎兔犬，儿子一举一动他尽收眼底。所幸我渐渐克服了窘迫症。我不打算妥协，我失去了很多，不介意再失去更多。聂棋圣说过，都弃了，就赢了。信哉斯言！妈妈，我于现实中弃子，于写作中争胜，我将一路凯歌，直至终局。母子关系承受了打击，我没什么可补充的，陈氏强辩和陆氏沉默在此均派不上用场。无论如何，保持通讯，仍旧是母子之间的最大公约数。我决心永不停止同妈妈说话。有时候这么做并非徒劳，母子的天然羁绊展现了无与伦比的、令人击节的坚韧。这些年，充分感受到周邻友伴的亲近和疏远，他们倏聚倏散，移迁无常，据说这亲近和疏远其实密不可分。我等仿佛置身于流水之中，有些小船从天边驶来，有些小船向天边驶去。而母子之间，谈不上远或近，无非千轮百转地彼此环绕兜圈。作为反骨仔，作为天生孤寒的小儿子，我早早从妈妈手边荡开，圆弧划得很大，很决然，但始终不曾丢失她恒定的坐标，以便时时回到她身旁。

四

哥哥来火车站接我。三年不见。明暗光影之间,我以为他是三十年前的爸爸。

哥哥说,妈妈这几日一直为阿姆奔波。阿姆住院了。有一天,她胃口不好,没吃什么东西,却照常给自己注射胰岛素,当场晕倒。看护阿姨立即打急救中心的电话,打妈妈的电话,打陈家其他人的电话。他们死命往阿姆嘴里灌糖水,大部分流到了床上、地上,所幸流进她肚子的小部分暂时拉住了狂跌的血糖指标。此后,反复住院,出院,再住院,再出院。阿姆受病毒侵袭,状况一度危殆,无力吞咽,不得已实施鼻饲。医生请家属做好心理准备。妈妈一听,眼泪直流。表姐夫赞成使用一种昂贵且无法报销的外国药物。于是签字同意,即刻治疗。签字这一细节,让我意识到,今年四月,大姨母一走,阿姆在世间最亲近的人,只剩下妈妈了。陈家二姐,陈家小妹,这一生共同分担蒂塔式命运的两姐妹啊。昨天,我打电话给妈妈,她恰巧在为阿姆剪头发。端午节,北京正遭遇罕见酷暑,而南宁大雨滂沱,妈妈让我听窗外哗哗雨声。阿姆的精神已经好转。我问候并叮嘱她务必汲取教训。是啊,妈妈插嘴道,让她喝某某口服液,她不坚持,导致再次感染且病情加重……枇杷露不行,得摄入大量核黄素!……妈妈的医药名词,我多数记不住。住院期间,阿姆开始像她们的哥哥当初病重时一样,同陌生人谈论自己的收入和积蓄。这是不祥的征兆。阿姆嚷着要出院,住院太无聊,这不让干那不让干。妈妈说，住院六天，合计花去四万元，看护费一天两百八，而平日一天一百二，没敢告诉你阿姆，否则她喊得更起劲。妈妈好歹劝服了二姐，该住院还得住院，有命才有钱……

我从小不挨家，已成习惯。离开围棋队后，我一直住在阿姆家，莫说周六周日，甚至除夕夜，也不回父母家。这一度引起高中班主任田老师关切，他认为必有蹊跷。其实呢，根本没什么蹊跷。阿姆不结婚，又是小学老师，她家像新兵营房一样，长年住着三三两两的男孩女孩。家族同辈之中，我年龄最小，可以一直待在阿姆家，因为很长一段时间没人够格住进来。

阿姆厨艺精湛，相较于妈妈有过之无不及。苦于高血压的日夜威慑，阿姆做菜早已不再放盐，而在此之前，她是陈家当之无愧的掌勺者。从周末聚餐，到除夕盛宴，厨房的主心骨舍阿姆其谁，嫂子和妹子心悦诚服地在一旁打下手。但相比那些个正经大菜，阿姆做的小吃才让我回味悠长。她会制作一种色泽莹润、香甜滑腻的可可糕，或者称作可可冻，似乎更贴切，理由是它颇具果冻的质感，只不过殊为凝实，其口感近于某类奶冻，而又愈发深醇。这种美食一层乳白一层浅褐，层层交叠，其截面如细纹斑马的外皮，却也十分匀整，线条平直，我大概从未在阿姆家之外的地方见识过。近几年，去各式餐厅吃饭，真还点过一些名称上、形质上近似"可可糕""可可冻"的食物，无一符合我最初的印象。那是童年的至味，是无可替代的夏夜清甜。阿姆的可可糕、可可冻，属于我自己的玛德莱娜小甜点……

这时候，长篇小说《恰似水之于巧克力》中庄园小女蒂塔的形象一分为二。

而阿姆不仅分担了更多蒂塔式命运,也领有了更多蒂塔式手艺。陈家小女和陈家二姐一起做米酒,做我钟爱的卷筒粉,为此还搞来一个小石磨。她们一起做五杯鸡,做炆鸭,春节时一起做大肉粽,平日一起酿油果,酿苦瓜,炒薤菜,煲黄豆猪脚汤……没有妈妈和阿姆的日子,是夜间打开旧冰箱搜刮残羹剩饭的惨淡日子,是村上春树认为只适宜写三流作品的小布尔乔亚馊面包日子。

还有一点我没向田老师交代,那就是本人在阿姆家过得完全像个少爷。初中两年,高中三年,共合五年,我几乎完全在阿姆家度过。这五年，是自由与秩序之五年。阿姆对侄子、外甥们不大管束。我中午看完《灌篮高手》才小睡片刻，下午翻墙进学校上课。我半夜出门，跟朋友闲逛一番，或者去打电子游戏。高中紧张备考时，在学校附近吃晚饭，阿姆每个月给我一笔钱，除了够吃晚饭，还够下晚自习后吃宵夜，甚至仍有富余，可供其余花销……妈妈，这下清楚了吧，你小儿子为什么银纸咬荷包，为什么穷大手？那些年，在阿姆家，我过得完全像个少爷，我在家里何曾有过这等待遇？所以我根本不在意。我对社会的毒打噻之以鼻。谁少年时富足,谁就一生富足。妈妈,你亲爱的陈家二姐才是伟大的教育者,你和爸爸根本不入流……

阿姆陈爱宁,一九四二年在南宁市出生,家中排行第三,祖籍北流县陈村。我外公成长于一个六十多人的大家庭,读完初级中学,由叔伯带至南宁市工作,安家立业。他一直活到九十岁才去世。我外婆笃信佛教,逢年过节拜观音菩萨,为陈家生有一男四女,其中三女儿因抗日战争南宁第二次沦陷,举家逃难而失散于途(所谓失散,或许是某种委婉说辞)。大姨母是家中长女，比阿姆大八岁，舅舅比阿姆大四岁，而陈家小女妈妈，又比阿姆小四岁。南宁第二次沦陷于一九四四年初，疏散人口十余万。如今阿姆声称，自己还记得当时遇到土匪的情形，还记得外婆把若干金首饰塞进她襁褓里。外公是电话局职员，随政府机关疏散至乡村，再回到南宁已失去原来的工作，遂在一家私营木材行做店员。阿姆从小在木材行成长。大人忙碌之际，曾将她放在一口新造的棺材里，她不哭不闹。她日复一日观察外公计量木材的立方数及价格，还没上学，便掌握了不少算术知识。阿姆四五岁时，舅舅被美国宪兵开吉普车撞倒，后由国民党军医救治，可她一直记成是美国人救治了自己哥哥。当初美国人在南宁向难民发放物资，阿姆说得到了奶粉，实际上只有一些用来做汤的营养粉。

南宁解放前夕，很多人听信国民党方面宣传，以为共产党实行共产共妻，急着把女儿嫁掉，导致一时间嫁衣和花轿奇缺。当时阿姆六七岁光景，她看到那些穿嫁衣、坐花轿的少女哭哭啼啼，感到结婚很恐怖。阿姆对恶性通货膨胀造成物价飞涨也有所体会。四九年初，政府发行的纸币在市面已经无法流通，民间代之以大米或广东毫银。阿姆至今记得，理发要拎着米袋子去。阿姆说，亲戚中有人是地下党，跑到家里躲藏。这个亲戚后来去了朝鲜战场，中国和美国谈判时，他作为中方翻译参与其事。十二月，南宁解放。国民党撤离那晚，城内有枪声响起。阿姆说，家里不敢点灯，怕溃退的散兵趁机抢掠，为此她一夜数惊。第二天清晨，她看到马路上睡满了解放军。舅舅胆大，帮着他们在街巷间敲门，这些穿陌生军服的男女用毫银向居民买米。

五十年代的南宁，住房条件很差，两家人挤在一栋逼仄的破木楼里，厕所由半条街的住户共用，臭气熏天，污秽不堪。阿姆从小希望过更好的生活。她自视聪明，念书颇用功，考上重点高中，还担任物理科代表。此时，外婆去世，阿姆开始受到美尼尔氏眩晕症侵袭。这病首先是基因遗传，其次是命运遗传。她出世时，抗战正殷，生活颠沛，外婆因忧悸而奶水不足，致使二女儿从小体弱。阿姆十八岁高中毕业，又值三年自然灾害，她染上肺结核，没资格报考大学，而家族同辈陆陆续续去外省读书。

阿姆说，当年大学招生人数，比高三学生人数还多，所以她所在班级，只有少数几人没升入大学。接下来，阿姆分配到南宁市历史最悠久的民主路小学，当数学老师。彼时物资缺乏，很多东西都必须自己动手做，阿姆渐渐学会了剪裁衣服。其间，外公从公司退职，得到一笔补偿金，改在广西图书馆当临时抄写员。"文化大革命"时，南宁有两个鼎鼎有名的派别，加入者众，阿姆跟它们统统不沾边。关于这两大派别的故事，荒唐的故事，惨怖的故事，历年来我零散听过一些，般般件件，难以形诸笔墨，总之斗了个鱼死网破。据阿姆自己说，从始至终，她没沾上过丝毫政治狂热。身为陈家人而冷静如斯，倒也难能可贵。我妈妈就不一样了。想想看，神圣一日，陈家小女的青春之花，怎不叫你心潮起伏，遐思连绵……

阿姆一生未婚，朋友倒也谈过几次。少女时代，她常常给恋爱中的堂哥堂姐出谋划策，也目睹过爱情悲剧，感慨萦怀。阿姆也一度被同班男生追求，她置之不理。直到阿姆五十岁，大伙还不死心，今天介绍这位，明天介绍那位，企图丢个撒手锏，诓诈她进入婚姻围城。

阿姆当年脾气可不小哇,妈妈只有乖乖听命的分,但她长期是二家姐终身大事的主力谋划者。你阿姆总说不合适,没办法……阿姆一个人惯了,妈妈根本不懂,也不想懂。

一九八二年,阿姆从民主路小学调到新创办的星湖小学:当代史开启了,我登场了。幼年时期,每个星期三晚上,父母一定驮着我去星湖小学,去看一看住在阿姆家的哥哥。有时候,爸爸兴之所至,抄近路穿过一片广布大小池塘的乡野,那是真正的星湖之残余,过不了几年,这残余也将不保。所以,还不满六岁，我已经非常熟悉阿姆家，既不担忧也不怀疑自己有朝一日，将仿照哥哥的轨迹，住进这里，度过整个小学时代，再加上整个中学时代。前文提到，其实阿姆家才是我家。没错，从卧房到阳台，从饮食到穿衣，从街区环境到人际关系，无不一再表明，阿姆家才是我家。比之更诗学的证据是，星湖路、七星路在我心底留下了烙印，仅仅它们的名字便足以引发许多回忆和追想。而比之更反诗学的证据是，我户口一直挂在阿姆家，读大学方才迁走。

吃穿用度，阿姆相当讲究。她全校

率先买电视，率先买电冰箱，率先买热水器，可能也率先买空调。她兼职打理星湖小学的会计工作。她称言并不热衷于交际，标榜个人独立。她为嫂子和侄子的生意帮过忙，出过力。她历来自诩实干。她笑话我爸爸只动嘴皮子。阿姆五十五岁退休那年，外公辞世，她渐渐开始重视养生。此前她太喜欢甜食。阿姆一向不怀怨恨地强调自己体弱多病，运气糟糕。她告诫我，正如妈妈时常告诫我，所谓一文钱难倒英雄汉，实乃良言，不可不察。陈家姊妹数十年如一日不忘戳我痛处。

阿姆单身一人到今天。眼下，是妈妈在照顾她。但妈妈也老了，七十七了，她仍不停奔波，近乎挣扎，全凭积年累月的惯性和陈家小女的永恒青春之气在撑扛。阿姆养大的男女之中，应该是小表姐出力最多，其次是我哥哥。阿黎表哥，不消说，把儿子丢给阿姆，自己神隐。大表姐和我本人不在南宁。如今，连小表姐也已经退休两年有余。即使孤寒如我，反骨如我，依然感受到阿姆每况愈下所造成的压力，怕妈妈某一天再也顶不住了，更怕哥哥顶不住了。我一直在等待这些时刻降临。这次回家，看到哥哥瘦下来不少，状态改善，不由觉得欣慰，暗暗松一口气。再看看阿姆，似乎没什么大碍，无论如何料不到她一转眼又住院，精神恍惚，状况堪忧……这一刻，恨不得一秒钟跨越三千公里，瞬移至南宁。我为自己的无能感到羞耻，感到震惊。我忖度，再等一等，再等个三年两载，不，再等个一年半载，我便如此这般，我回去，我不回去，我飞天遁地，无异于一根定海神针……然而，昔时经历提示，少做白日梦吧，还得实际一些。钱，怎么办？北京的老人小孩，怎么办？身为不名一文的荒诞英雄汉,难啊,我摇摇欲倒……至于写作,没问题,可以暂不写作,可以搁笔,罢手。写作二十年了,不妨缓一缓,放一放。时光,请停一停,歇一歇……算了,说了白说,不如咒骂一句,反正时光从不停歇,时光似肥皂泡般不断生成继而破裂……

二十年前,我写道:"在火车站出口,看见妈妈的身影,她喊我名字,我爱她慢中有快的平实步调……"上个月某天我又要离开南宁,回北京,妈妈还打算像过去一样,陪我到站台,目送列车缓缓启动。然而，妈妈，这是不可能的，你根本进不了火车站。今时不同往日，我们坐高铁像坐公共汽车一样，接受无形流水线的推动和筛查。我戴着口罩，拉着行李箱，妈妈似乎还想再交代两句，但行进有序的队列如时光具现，不容迟疑，不容停留。我走入通道，把行李放到一条传送带上，朝外头匆匆一挥胳膊，眨眼间已经看不见妈妈的身影。

后记：回乡偶书

飞快穿梭于现代城市间,鲜有近乡情怯之慨,索性省去那些个陈词滥调吧。简言之,称述家乡,是我力所不逮的、过于艰巨的任务,回归次数再多也没用,延留时日再长也枉然。至于缘由,其实算不上复杂难懂:远离故土后,我逐渐领悟到,必须学习"观看",必须敏于"观看"。可是在南宁,本人至今无法"观看"。返乡之旅即失明之旅。心灵似乎已永久羁留于往昔。

回邕几日,我全靠氯雷他定胶囊和氯米松喷雾剂,方勉强压制住眼眶四周那不分昼夜的烧灼感,以及过敏反应引发的无穷喷嚏。这是让人大脑失序、百念纷乱的无穷喷嚏。我摄入太多氯元素,想必中毒甚深。阴雨绵绵,如天公宿醒难消,如小说的暮冬沁入了现实的盛夏,皮肤在家乡空气的刺激下幻想着剧烈的发炎,仿佛要经历一轮肉身无法容受的细胞质革新,比荨麻疹更令你痛苦。唉,受到家乡的排斥,呼吸间却全是故人旧事。昨晚,我早年不曾珍惜的爱情,以一场噩梦的形式投射于熟寐中垂挂的大银幕。在这部潜意识杜撰的作品里,我向从前的恋人说抱歉,但她一直翻着不理不睬的死白眼,满含怨忿。清晨六点钟,悻悻然醒来,惶悸、苦涩、庆幸之余,不禁觉得可笑可叹。那是不是我潜蛰在心底的软弱?倘若时光倒流,从头再爱一次,结局会有所不同吗?梦排遣了虚谬的愧疚感,形成了虚谬的行动指南,大约无助于认清脚下的生活之路我思忖。

南宁是一座四季常绿的城市,也因此是一座终年木叶纷脱的城市。直到今日，我才终于发觉，或者说才终于意识到这一点。那几天，草色在无声爆炸，名目繁多的植物从零散记识的罅隙间向外溃溢，长势迅猛，难以遏制。街边，爆竹花在我们头上和脚下吐蕊。湖边，粉美人蕉密丛丛布列开来，构建着印象派大师们钟爱的画卷。然而淅淅沥沥的雨水里，景物朦朦胧胧，犹如昏瞆者之幽念悄然稀释了真实世界的可见度。视觉图谱亦不乏断层线：原应客观的诸色诸形，受回忆与习尚之影响，往往会展露各不相同的历史风貌。后果是，京剧团的排练场收存了八十年代的寂暗，横穿本城的铁路则依然反射着九十年代的遥迢光泽，至于那些顺利融入新世纪格局的街道、建筑和社区，多多少少显得冷酷，不念旧情，不通人性。我童年的荒草唯有揳扎在犬牙交错的楼群之中，躲藏于更为隐秘的光阴巢穴深处，接续生长，出出而不穷，连连而不绝……

　　南宁无疑是一片天气的迷魂阵。哥哥告诉我，今年立夏比去年冬至更冷。台风，尚待命名的台风，大量积雨云堆聚形成的巨型旋涡，即将从东南外海向左右江沿岸大步袭来。行车道两旁，重重碧翠往身后疾掠，并无句子从写作者心底涌涨呈现，文字围绕他列队。我一路忧恼，北京像一颗沉甸甸的心脏危悬在遐远北方，像一位晕眩的孕妇引人牵挂。

青山上，蹒行于寂静榛樾间，走进凄怆绿意里，头顶布满了藤萝、榕树的气根。雨水滴漉，枯枝坠落，鹧鸪声声，岩溪中似有蝾螈匿避。艰难啊，胆魄衰变的午夜，浓暗使人如饮醇酎。众多渺漫难明的思绪。

同样，邕城的阳光酒精含量极高，直直照射下来，足以将我灌醉。街头的陌生人好像戴上了无形潜水镜，在精神致盲的泳池中泅游。到处是打黑除恶的大字标语。水街、水塔脚、七星路……这些朝苍宇散透着旧时余温的地名,有消沉念绪,它们被周遭的高楼大厦齐齐贱卖了。新老居民在各自心中默默拧紧夏季的黄昏,在月夜表层遁形,提防着故伎重演的阳谋和灾异。

动物园里,大象、棕熊一个劲儿摇头晃脑,终日以这种看上去非常蠢笨的行径纾解烦闷。我们的星球会不会也是一座面积巨大的动物园?可能性很低。否则,它那无所作为的管理员得多么差劲啊。

本地的笑容明显比首都稀少。受到

老幼同乡的无言染浸,我也跟多数人一样耷拉着嘴角,脸皮紧绷绷:北京的鸡血顿失效力。然而,痛心在于,家族的几名少年也丢弃了笑容。他们的母亲无不意志坚定,其广阔阴影笼罩在儿子的天灵盖上方。岁岁日日,大气压居高不落,昨昔顽童过早、过快地顺从于标准规格的命运籤箓。伟人倒下时,思想融入了土地;家族的长者殒逝时,精神留给了儿孙。可是真正的传承已烟消云散,今人不得不在粉末状现实的基底上自我成长,自我教育。死亡向前滚动,片刻未息。诚然,大地仍属于生者,托马斯·杰斐逊的名言依旧确当，但他们感觉永恒的天空一直在沉降，沉降……

故乡人善妒。因此，总合而言，甚乎全桂上下，谁也不希望远亲近邻、游子归客，以及四方外来者侵扰自己贫弱的宁静。阴暗心理将团结之纽带割断。这是出于既得利益阶层的私念或愚怯，还是出于更广大民众的浅陋或褊狭？

商业困顿，生活不易，愿欲低微。几年前，当整个国家还在经济快车道上狂飙，当雾霾还覆罩着华北平原，地方景气的余晖尚能给予我故乡丝丝缕缕温暖。然而，引擎放缓了，匮乏高科技的凡庸地带立即寒意阵阵。酒席间，老校友说，如今领导主张学贵州。到底该怎么学？精神上苟安一隅的慵惰不仅捆住了我们的手脚，也拘缚了我们的头脑。

傍晚，窗外市廛的嚣声细碎如海螺在耳边呼呼作响，又如钢琴低音部在满座的大剧院里回荡。水绣球正处于盛花期，家乡的暮空光彩陆离：樱桃色、藕荷色、青柠色、小麦色、山栀色、跳蚤色、松花色、曜岩色、虾壳色、龙血色、沙棘色、芥末色、帚石楠色、覆盆子色、深葡萄色……时时刻刻改变，像一颗幻化无常的稠膏蕈。我隐约体察到，雄心以乡愁为食，而乡愁，接近于暗物质，形迹难觅，却扭曲着归乡者有意无意接收的诸般图景。实际上，本人的感慨，前贤已感慨过千百遍，他们五花八门的感慨任君拣选，引用学似堪泯除"天地悠悠，独我一份"的顽固错觉，那井底之蛙的顽固错觉。也许今天的作家只须标清楚句子出处就足够了。你不妨这么写："啊，见陀思妥耶夫斯基《白痴》第九页！啊，见鲁迅《华盖集》第七十页！啊，见泰戈尔《园丁集》第两百零四页！啊，见拉罗什富科《道德箴言录》第三章第一节！啊，见洪应明《菜根谭》处世篇第六句!……"如此一遍,关于桑梓之地,乃至关于世间百端,该说的不该说的,便统统说完了。

母亲做媒的业务持续增长,范围人群扩展至六零后,且将进一步延伸至五零后。她已经很久不看电视剧。她在我过敏红肿的鼻子两侧涂上了绿莹莹的青草药膏,说,很凉很爽,你一定要试试,认准"金卧佛"牌商标,泰国出产,在东南亚极畅销,主治肌肉损伤、晕车、蚊虫叮咬,她照着说明书往下念。哦,禁止服食,孕妇慎用。请揉擦患处。

母亲建议我多吃黑芝麻,多吃她寄

去北京的三七粉，多吃这个多吃那个。我一次次让她白费唇舌。母亲不知为什么开始讲述她多年工作伙伴的弥留惨状。我上幼儿园时便熟识的"小五子"阿姨，心脏瓣膜钙化，庸医却建议她接受微创治疗，终致损伤处崩裂。生机渐逝的妇人躺在病床上，昏迷不醒，全身虚肿。母亲说，几位同事去医院探望"小五子"阿姨，看到遮盖她可怖躯干的毯子，因其心脏垂死挣扎的绝望敲击而一下下向上耸动。造孽啊！母亲颤声哀叹道，这女人神经搭错线，她干吗不听从你表姐夫的建议，做个心脏瓣膜置换手术？唉，造孽啊！接着，话锋一转，母亲又向我细数"小五子"阿姨的斑斑劣迹，从她违规评上副高职称，到她趁火打劫占用别人的购房指标，再到她家里乱糟糟，几乎没地方下脚……

母亲退休前一直当会计，替人记账行财，死活不论。每次送葬她必到场，与殡仪馆结算，也为亡者与尘世清算。她谙熟那一整套流程，与阿玛兰塔差可颉颃，而其中不乏家学渊源：上世纪三四十年代，我外公在一家棺材行担任襄理。

近几次回家，很难不谈及母亲最好

的朋友农医生。这位妇产科专家下乡插队时自学成才，救人无数，乃是南宁市医界顶呱呱一号人物。她多次预言自己活不过六十四岁，没想到居然应验。农医生死于车祸之日，正值立春，我父亲跑过来插嘴说，当天他群发消息，提醒熟人亲友要注意安全。"古时有躲春的习俗，"老头子绝不放过任何卖弄学问的机会，"那一日，阴气大盛……"

我终于认识到，父亲已经从一个牢骚满腹的中年语文教师变成一名彻底愤世嫉俗的老年社会观察家。他诅骂一切事，鄙视一切人。他觉得乱糟糟的脱榫时代让自己眼睛犯疼。他一脸"使厌见者不见"的死相,并将这一脸死相遗传给我。春去秋来,他永远穿着棉背心,缩在台式电脑前下象棋,脑袋上悬着一大窝虎头蜂。他不含丝毫情绪地抽烟,喝酒。他不旅游,不锻炼,更不体检。除了每天下楼买两注福利彩票,他完全不出门。他随时打盹,深宵读书,无论是醒是睡,床头灯始终如本命灯一般亮着,从夜达明。他同儿子掰扯什么"缅桂"和"玉兰"的区别。他吹嘘自己在北京火车站找黄牛买票的奇遇。"我公鸡独条肠,跟定你!……"他根本不打算为健康长寿费一丁点儿力气，却纯乎迷信地认为自己能活过九十岁，并且一路活下去，直到地老天荒。

某日，下午三点钟，我坐在北海红树林附近的一片沙滩上，思考着父亲的人生。他有没有这样思考过他父亲的人生？海风渐强，海浪渤漷，将藻类、死鱼、脏泡沫、塑料袋、矿泉水瓶，以及蹈海自杀者脱掉的鞋子、捋下的袜子冲上陆地。太阳西沉时，招潮蟹仍旧忙碌，沙滩已阒无人迹，暮光泛流，仿佛金黄色蛋糕涂上了薄薄一层黑莓酱。

你说人们为何要在自己的忧虑上再

叠加忧虑呢？经此一问，你便孑然一身，似接于大道，其实离大道越发远了。啊，我像屡受刺激的鼻窦一样勤勉，无休无止分泌着……

夜暗将我不复熟悉的城市拥入怀抱。夜暗的城市里分布着食客零星的夜市。建政路，有个七旬老妪在黑湿的街边卖菜，她枯守自己的青菜摊子犯困，脑袋耷拉于身前。这是下雨的晚间九点四十五分。多么冰冷的立夏之夜！仰头看到闪光的雨线自天穹倾落。世人的喜怒哀乐、死生聚散，他们的低语、咆哮、谎言、真情，以一道道电磁波的形态在深灰色萧瑟中辐射,寻找基站如寻找精神寄托,抗拒信息衰减如抗拒孤苦伶仃的宿命。在一家空间狭小的糖水店内,我吃了一碗清补凉,又买了一袋绿豆饼带走。女老板的长相颇似昂山素季。当晚她格外乏惫,格外无精打采,没招呼我这个每年关照她一次生意的奇怪老主顾。洼陷积水的巷子里,年轻男女来来往往,咿咿嘈嘈,美食铺溢出蒸汽漫漶了他们的面容,又将各色衣服反衬得愈加明艳。看不见的音箱在循环播放一段广告语,那浑厚的男声颇有"天下英雄尽入吾彀"的慷慨豪壮,字正腔圆地阐发着滔滔宏论:"正规皇室手法,请上三楼,有推拿、理疗、足疗、采耳、眼疗、鼻疗、艾灸、汗蒸、刮痧拔罐、修脚,医治甲宫炎、老茧死皮、脚气脚痒、灰指甲、鸡眼,调理落枕、闪腰、颈椎病、肩周炎、关节错位扭伤、感冒发烧,还有其他保养,让身体更健康!……"接下来,是一支节奏铿锵的白话歌:"爱一万次够不够,苍天你可知我的感受,分手当日我心颤抖……"

只有在街巷湿津津的夏夜,只有在细雨里,只有在此时此地,才可以邂遇这般诡诞的语音组合。某一瞬息,灯盏和灯盏之间并不全然是漆黑，光正一点一点地结为晶体，如星辰的垒阵，如魂灵蜂集。疾雷晾晒于远空，往人间投下清谧的倒影。

返回住所路上，看到一个双唇饱满、耳边垂绺的姑娘，似乎很兴奋，不停拍打着男友的青皮头。

我是真正的老南宁，我童年的玩伴大多不是，他们的家庭来自北京、上海、广东，还有区内的桂林、柳州、梧州、河池、百色、合浦……很久以前，我祖父祖母领着我父亲和姑姑迁到南环路落脚，而我外公一家，当初住在邻近的中山路。我小时候，跟着几个说北流白话的陈姓老头子去万国酒楼吃早茶，从晨间吃到日斜，然后回家吃晚饭。陆家大少正是来这里宴请同窗，庆祝自己靠偏方治好了该死的梅毒。其实他并没有治好。游步于白天幽阒的共和路，感觉两旁的旧房子吞食着空气中析出的黑暗元素。我们走过兴宁路，走过民生路，走过金狮巷，走过喧闹的传统商圈。老城区令人感到亲切，而它旁侧面积广大的新城区，连带那繁华富丽的天际线，却颇为隔阂，颇为疏远，尚需慢慢适应，或许这辈子已无法适应。我想起了三十九岁弃世的台湾作家袁哲生,他先天是一名躲藏爱好者,曾把闲赏度过的一日比作时空融化了的迷宫。我即将平安度过自己的三十九岁,迎来四十岁,年华之蔷薇……

凌晨,赶赴机场,脑子里蓦然闪现一帧画面:某个已不重要、但难以忘怀的旧交,坐车从你家楼下经过,而你正摊开四肢,落入深眠的渊潭。此时此刻,蛰伏于人们心底的宁谧如月光,在城市的角角落落弥散开来。

图书在版编目（CIP）数据

昨晚，妈妈打来电话 / 陆源著. -- 上海：上海文艺出版社，2024（2024.7重印）

ISBN 978-7-5321-8872-7

Ⅰ.①昨… Ⅱ.①陆… Ⅲ.①中篇小说－中国－当代

Ⅳ.①I247.5

中国国家版本馆CIP数据核字(2024)第011803号

发 行 人：	毕　胜		
策　　划：	李伟长	装帧设计：	韦　枫
责任编辑：	余　凯	插　　画：	郭文媛

书　　名：昨晚，妈妈打来电话
作　　者：陆　源
出　　版：上海世纪出版集团　上海文艺出版社
地　　址：上海市闵行区号景路159弄A座2楼 201101
发　　行：上海文艺出版社发行中心
　　　　　上海市闵行区号景路159弄A座206室 201101 www.ewen.co
印　　刷：浙江海虹彩色印务有限公司
开　　本：889×1270　1/64
印　　张：2.875
插　　页：12
字　　数：44,000
印　　次：2024年3月第1版 2024年7月第3次印刷
ＩＳＢＮ：978-7-5321-8872-7/I.6991
定　　价：39.00元
告 读 者：如发现本书有质量问题请与印刷厂质量科联系　T:0571-85095376